かつての浅草六区を彷彿させる、大勝館前にて（平成19年に惜しまれながら閉館）

栄治が天切りに挑んだ帝室博物館表慶館は、現在も東京国立博物館にある

表慶館の優美なドームを見上げる

駒形橋から隅田川をのぞむ

安吉と栄治も食事をした上野精養軒。
不忍池を遠望するロビーにて

安吉一家が住まう長屋近くの鳥越神社

天切り松読本　完全版

浅田次郎 監修

集英社文庫

本書は、二〇〇七年六月に集英社より文庫オリジナル作品として刊行された『天切り松読本』に、新たな内容を大幅に加筆し、再編集した増補版です。

天切り松読本　完全版◎目次

巻頭エッセイ　浅田家の長男　浅田次郎　7

第一章　浅田次郎が歩く
「天切り松　闇がたり」の世界　15

第二章　浅田次郎インタビュー
「天切り松は僕の宝です」　37

第三章　第五巻刊行記念　浅田次郎インタビュー
「ふだんの自分のままです」　57

第四章　天切り松の帝都ガイド　71

浅草　72
仲見世／観音堂裏／凌雲閣／凌雲閣からの眺望／六区興行街

帝国館／伝法院／宮戸座／吾妻橋／夜の浅草公園／吉原／角海老楼／浄閑寺
〈コラム〉凌雲閣（十二階）　88／関東大震災後の浅草　90
上野　94
上野駅／上野公園／不忍池／上野精養軒
〈コラム〉東京国立博物館表慶館　100
本郷　102
本郷通り／東京帝国大学／菊坂／本郷座
〈コラム〉観潮楼（文京区立森鷗外記念館）　108
銀座　110
尾張町の十文字／銀ブラ風景／震災後の銀座／資生堂パーラー
丸の内　116
東京駅／皇居／楠木正成像／三菱銀行本店／丸の内のオフィス街／日比谷公園
〈コラム〉帝国ホテル　124
そのほかのエリア　128
抜弁天／両国国技館／ニコライ堂／成城学園前
横浜・海岸通り／横浜港／小田原古稀庵
〈コラム〉ホテルニューグランド　134／網走監獄（博物館　網走監獄）　139
第五章　天切り松と私　141
粋で色気があって、読みながらゾクゾクしたなぁ　大滝秀治　142

朗読しながら泣けて、泣けて、困った　すまけい　143
今夜もソファで「闇がたり」に耳をすます　安藤優子　144
書生常と支配人、温かい心の通いあい　小林哲也　148
兎に角一丁柝を入れて　藤田弓子　153
対談　失われた「男気」を探せ　五代目中村勘九郎×浅田次郎　157

第六章　登場人物プロフィール　171

松蔵翁による「天切り松　闇がたり」用語集　204
天切り松年表　206

第七章　天切り松ファッション図鑑　211

第八章　天切り松の世相　223

昭和恐慌　224／チャップリン来日　226／五・一五事件　228

相沢事件　230／安吉一家の足、市電　232／天切り松と鉄道　236
天切り松の貨幣事情　240／寅弥の好きなモダン銭湯　242
浅草オペラ　244／栄治とダグラス・フェアバンクス　246
銀座のカフェ　248／デパートの楽しみ　250／モガ・モボの出現　252
同潤会アパートメント　256／新宿武蔵野館　260
〈黄不動のお宝　その一〉　262

第九章　天切り松グルメ案内　263

伊豆栄の鰻　264／上野精養軒のフルコース　266／神谷バーの電気ブラン　268／前川の鰻　270／梅園のあんみつ　272／帝国ホテルのシャリアピンステーキ　274／資生堂パーラーのアイスクリーム　276
〈コラム〉棟梁の好物、人形焼　278／荷風先生の食生活　280
〈黄不動のお宝　その二〉　282

第十章　既刊全あらすじ　283

〈巻頭エッセイ〉

浅田家の長男

浅田　次郎

作品のできばえに、さほどのよしあしはないという自信はある。

物を作る人間はその責任において、みずからが不満と思う作品を世に送り出してはなるまい。つまり鑑賞者に「好き嫌い」はあっても、「よしあし」を感じさせてはならぬ。

けだし当然である。生活にかかわる物品を作り出す人々はみなそうした気概を持っているのだから、小説家だけがその責任を免れようはずはない。ましてや芸術は太古から人類社会の根幹であり、いわば人間を人間たらしむる生活必需品であるのだから。

そのように考えて小説を書き続けている私は、自身の代表作を問われるとまったく返答に窮する。

しいて答えるならば、「次の一作」ということになるが、まさかそんな気障《きざ》な台詞《せりふ》を口にするわけにもいくまい。口には出さずとも気持はいつもそれである。

この際、作品はすべて等しく可愛《かわい》い私の子供、とでも言うのが、個人的にも対社会的にも正しい回答であろうか。

その伝《でん》で言うなら、私には『天切り松　闇がたり』という長男がいる。あまたの兄弟姉妹中、最も父親の私に似て頑固一徹、顔かたちから声音、挙措の逐一から精神に至るまで、まこと私に生き写しの長男坊である。

弟妹の中には、世間でもてもての美少女やら、世界を駆けめぐる遣《や》り手やら、学者肌の秀才やらと、華やかな連中が大勢いるけれど、彼らが盆暮のたびに帰ってくる生家の奥座敷に、いつも面白くもおかしくもない顔ででんと座っているのは、この惣《そう》領《りょう》息子である。

親の目から見れば、とりたてて何が優れているとも思えぬのだが、弟妹たちはこの長兄にまったく頭が上がらない。アイドルスターも学者も大金持も、畏兄『天切り松　闇がたり』の前では、みなちんまりとかしこまって、ご機嫌を伺ったり説教を承ったりしている。

そんな子供らの姿を柱の蔭《かげ》から覗《のぞ》き見ながら、私は心ひそかに、こいつさえいればわが家は安泰、と得心する。

知られざるわが家の内実を口外するのは本意ではないが、ここまで暴露したからには長男の長男たるゆえんを説明しておく必要はあろう。

『天切り松　闇がたり』の第一巻第一夜、「闇の花道」が誕生したのは、平成二年の六月、すなわち一九九〇年の「月刊小説」七月号誌上であった。父なる私が三十八歳のときである。

第二夜の「槍《やり》の小輔《こすけ》」は同年十月号に掲載されたが、続けて執筆した第三夜「百万石の甍《いらか》」はどうしたわけか不掲載となってシリーズは中絶、以後この三作は長いこと蔵の中に封じこめられてしまった。

私は四十を過ぎてから世に出た遅咲きの作家と思われているが、実は平成の開闢《かいびゃく》と同時に、現在書店の棚に収まっている作品の初期の一部分は書いていたのである。以来、今日に至るまでずっと書き続けているシリーズであるから、頑固一徹の長男であることに異論はあるまい。

その後の彼の人生を語ればこういう経緯になる。

お蔵入りのまま六年の歳月が流れた一九九六年三月、徳間書店の「小説工房」にこれを再掲載していただく運びとなった。そのとき既筆の三篇に加えた作品が、第四夜「白縫華魁《しらぬいおいらん》」と第五夜「衣紋坂《えもんざか》から」である。

ちなみに、この五篇を単行本として上梓した徳間書店版『天切り松　闇がたり』の巻末には、雑誌発表時の原稿に大幅な加筆訂正をした旨の但し書きが付されているが、これはいわば、雑誌と単行本をともに読んで下さった読者に対する儀礼の一文である。

私はいったん活字となった原稿に、さらなる手を加えるということがほとんどない。冒頭に記した「作り出す者の気概」あらばこそ、である。

一九九六年といえば、私はすでに『きんぴか』『プリズンホテル』『日輪の遺産』『地下鉄《メトロ》に乗って』『蒼穹《そうきゅう》の昴』を刊行しおえていたわけで、つまり長男たる『天切り松　闇がたり』の頭ごしに、これら華やかな弟妹たちが世に出てしまった結果になった。

ところで、読み返すたびに思うのだが、この『天切り松　闇がたり』第一巻のうち、前半三話と後半二話の間に、六年もの時間の隔りがあるとはわれながら意外である。まるで時を経《へ》ずに、一気呵成《いっきかせい》に書き上げたかのようである。さきに書いたように、前半三話に手を加えた記憶もない。

たしかになかなか世に認められぬおのれを僻《ひが》んだこともあったが、この第一巻のふしぎな統一感を思えば、ひたすら信じ努めることの大切さを痛感する。

この第一巻を刊行する前年、すなわち一九九五年の三月に、私は『地下鉄に乗って』で第十六回吉川英治文学新人賞をいただき、小説家として認知された。

もし運命を宰領する小説の神様がいるとしたら、その意思によって『天切り松　闇がたり』は、長らく深い蔵に封印されていたのではあるまいか。見栄えのする弟妹たちが光の庭に遊び始めたころあいを見計らって、神はようよう蔵の錠を解き、この苦労な長兄を導き出したように思える。

見た目も気性もひどく古くさい、おのれひとりではとうてい世間とうまくやってゆけるはずのないこの長男は、弟妹たちに手を引かれ背を押されて、溢《あふ》れる陽光に目を庇《かば》いよろめきながら、それでも彼らしく堂々と春の庭に立った。

その後、『天切り松　闇がたり』は集英社の「小説すばる」に引き継がれて発表された。

一九九七年七月に、同社の刊行にかかる『鉄道員《ぽっぽや》』が第百十七回直木賞をいただき、望外のベストセラーともなった。ご恩返しをしなければならぬのだが、周囲がにわかに騒がしくなって新作の想を練る間がなく、思い悩んでいたところこの長男が、ここは任せてくれと名乗り出た。まこと親孝行の倅《せがれ》である。

はてさて、義理とは魔物である。いっとき孝心に甘えたはよいものの、かえって不義理をしてしまった徳間書店には、のちに『沙髙樓綺譚』の二巻をお返しし、直木賞を主宰する文藝春秋社には『壬生義士伝』を納めていただいた。

新渡戸稲造の『武士道』によれば、義理はすなわち義務である。私は生来、義務には執心するたちであるから、この『沙髙樓綺譚』と『壬生義士伝』には気合が入った。

かくして『天切り松　闇がたり』は、むろんこの先も当家嫡男の自負と威信をかけて書きつがれてゆく。

東京に生まれ育った私は、このかけがえのないふるさとの変容に愛惜の情を禁じ得ない。

明治政府の欧化政策、関東大震災、第二次世界大戦、という三たびの天災人災によって、東京は破壊された。とりわけ決定的破壊と思えるのは、東京オリンピックを頂点とした高度経済成長と、その愚かしき勇み足の結果であるバブル景気の時代であろう。

これらの歴史を経る間に、東京はうるわしきローカリズムを喪《うしな》ってしまった。いつの間にか私のふるさとは、砂に埋もれるように、水底に沈むように消えてしまって、あとには見知らぬ風景と見知らぬ人々が、勝手なＴＯＫＹＯを謳歌《おうか》している。

まずまっさきに滅んだのは「言葉」だった。世界中の人々がそれぞれの正しい言語を使うように、ひとつの国の中でも方言というものは、欠くべからざる象徴であり魂である。その大切な東京方言が、まるで悪しきものであるかのように滅ぼされてしまった。

言葉は精神である。したがって江戸弁が滅びると、江戸ッ子の気性も消えてなくなった。言葉そのものは歌舞伎や落語などの古典芸能の匣《はこ》に温存されているけれども、言葉の根である精神までが正しく伝承されるとは言い難い。私が『天切り松　闇がたり』に企図したものは、言葉とともにある精神の保存である。

物語の登場人物たちは、私の記憶する限りの美しい言葉をしゃべり、その美しい言葉にふさわしい挙措をし、精神を顕現する。一言でいうなら、今はなき江戸前のダンディズムである。

叶《かな》うことなら『天切り松　闇がたり』の読者は小説の鑑賞者ではなく、彼らの贔屓《ひいき》であってほしいと切に希《ねが》う。

説教寅は言う。

「どんなに破れかぶれの世の中だって、人間は畳の上で死ぬもんだ」と。

日露戦争の犠牲者になりかわって、彼は言うのである。

二百三高地に一番乗りした彼が英雄なのではなく、終生この言葉を叫び続ける彼こそが英雄であると私は思う。

文学とともに歴史を学ぶうちに、「文学でしか解明できぬ真の歴史」と「歴史でしか表現できぬ真の文学」をおのれのライフワークにしようと考えた。

『天切り松　闇がたり』のもうひとつの企図はこれである。

だからあまたの弟妹たちは、この頑《かたく》な長兄にまったく頭が上がらない。

世の転変もいっさい意に介さず、人の風評も柳に風と聞き流して、この長男は古き良き東京の物語を呟き続ける。

私は柱の蔭でひとりほくそ笑む。こいつさえいればわが家は安泰である。

第一章

浅田次郎が歩く「天切り松　闇がたり」の世界

大正・昭和の帝都東京で江戸っ子の義賊、安吉一家が大活躍する「天切り松　闇がたり」。生粋の「東京小説」ともいえるこの小説の舞台を、ある春の一日、著者自身に案内してもらうことに。さて、どんな風景に出会えるのか――。愛用の巾着をぶらさげて、『天切り松読本』特別企画、浅田次郎と行く一日散歩が始まった。

写真・秋元孝夫

鳥越

抜弁天の屋敷を出た後、第三巻まで
安吉一家が住まうのが現在の台東区、
鳥越の棟割長屋だ。
かつてこの界隈は職人の町、
いまも町工場などが立ち並ぶ。
額に汗して働く人々の質実な営みに、
安吉たちの地味な暮らしは
しっくり馴染んでいたことだろう。

鳥越神社を散策。「鳥越はどこに行くのも便利な場所。住んでみたいと思ったこともあるよ」

車の往来が盛んな蔵前橋《くらまえばし》通りに面して、こぢんまりとたたずむ鳥越《とりごえ》神社。安吉らが住む長屋はこの近く、現在の白鷗《はくおう》高校のあたりか。「切れ緒の草鞋《わらじ》」（第二巻）では鳥越神社の境内で、安吉宅に寄宿していた清《し》水《みず》の小政《こまさ》が、阿漕《あこぎ》な回銭取りを相手に見事な立ち回りを見せる。

こいつァ白い着物を着られるかと思いきや、案外といくじのねえ野郎どもで、赤い着物を着るてえことになりやした。鳥越のご神前を、外道《げどう》の血で汚しちまったのァ申し訳ねえ。罪は蒙《こうむ》りやす。今生《こんじょう》の一服、つけおえましたんなら、ご遠慮なく手錠《ワッパ》をおかけ下せえやし。

（第二巻「切れ緒の草鞋」）

清水の小政が大立ち回りを
演じた神前に参拝

愛用の印伝の巾着に
雪駄という出で立ち

鳥越神社は約1300年の歴史をもつ由緒ある神社。作中では、松蔵が再会した姉さよに、安吉を「鳥越神社の氏子を仕切っている人」と説明するくだりも。

鳥越神社近く、
「おかず横丁」を歩く

共働きの夫婦が多いことから惣菜屋が立ち並んだこの商店街は「おかず横丁」と呼ばれるように。大正時代から商店があったこの界隈で、男所帯の寅弥や松蔵も、惣菜を買い求めたりしたかもしれない。

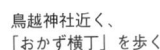

浅草

鳥越から歩いて行ける盛り場、浅草は安吉一家にとても身近な存在。少年の松蔵にとっては浅草は遊び場であり、世間を知る学校でもある。見よう見真似で「仕事」をし、あえなく捕まったのも浅草でのことだった。

大勝館前にて

松蔵が親友、康太郎《こうたろう》とともに活動写真や芝居を楽しんだ六区界隈《かいわい》。芸能の中心地だった大正昭和の賑《にぎ》わいは望むべくもないが、大衆演劇の小屋、大勝館には幟《のぼり》がはためき、かつての六区を彷彿《ほうふつ》させる（平成十九年閉館）。

「浅草が観光地になったのは最近のこと。かつては現在の新宿や渋谷に匹敵する東京一の盛り場だった。僕が物心ついた頃はもうだいぶ寂《さび》れていたけれど、川端康成の『浅草紅団』なんかを読んで、昔の浅草に憧《あこが》れた」（浅田）

「仲見世には子供の頃、祖父母に連れられてよく遊びに来た。
すごい賑わいだったのをおぼえています」

昭和の面影を残す六区の喫茶店で一服

吉原

その歴史は江戸時代にさかのぼり、大正の頃も政府公認の遊廓だった吉原。松蔵の姉さよは吉原きっての大籬、角海老楼に女郎として売られていくが、松蔵と思わぬ再会をする。

見返り柳にて

吉原大門跡近くの「見返り柳」。廓《くるわ》の客が名残を惜しんで振り返ることから名づけられた。「衣紋《えもん》坂《ざか》から」のクライマックス、さよを背負った松蔵が立ちすくむ場所。そこを永井荷風《ながいかふう》が通りかかる。

衣紋坂を駆け登り、日本堤の見返り柳の下に立つと、山谷堀には天の崩れるような牡丹雪が降っていた。雪は一幅の帳《とばり》を引くように、松蔵が見返るそばから衣紋坂を下り、五十間町の石畳を被い、そそり立つ吉原の籬《まがき》をしらじらと包みこんで行った。

（第一巻「衣紋坂から」）

身寄りのない遊女たちが葬られたことから「投げ込み寺」と呼ばれた浄閑寺。境内の墓地では、いまもなお彼女たちの菩提を弔い続けている。ここに安吉はさよの墓を建てる。

遊女たちの慰霊塔に香をたむける

新吉原総霊塔

浄閑寺を愛し、死後ここに葬られることを望んでいた永井荷風。その願いは叶わなかったが、愛用の筆記具を納めた筆塚が建立された。

荷風筆塚

上野

豊かな緑に包まれた上野の山。明治時代に博物館や動物園がつくられ、その当時からアカデミズムとレジャーとがすんなりと融合した行楽地だった。ここで栄治がある大仕事に挑む。

東京国立博物館・表慶館前にて

表慶館《ひょうけいかん》のドームの影が、玉砂利の道に長く延びていた。寅兄ィは着流しの腕を組み、栄治兄ィは猫背の長身の腰に後ろ手を組んで、ゆっくりと影を踏んで歩いた。交わす言葉はないが、二人がじっと物思いに耽《ふけ》っているように、松蔵には見えた。

（第三巻「大楠公の太刀」）

栄治が天切りをした帝室博物館表慶館は東京国立博物館にある。

「博物館が大好きなので、子供の頃からよく上野の山には遊びに来ていました。こんな環境のいい場所で、お宝に囲まれて仕事ができる博物館の人たちがつくづく羨ましい」（浅田）

表慶館にて、ドームを見上げる。平成18年（2006)、「平成の大修理」が終了した。やわらかい色調の館内に自然光がふりそそぐ

東京国立博物館のユリの木を背景に。「子供の時のように、上野の山で一日遊んでいたい」

帝室博物館長だった森鷗外《もりおうがい》が愛したというユリの木。巨樹ながら優しい枝ぶりに心和む。周囲にはベンチが置かれ来館者の憩いの場に。

「——おや、ユリの木がそろそろ咲き始めるな」

松蔵は二つの塔を抱えた博物館の本館と、その西側に建つ表慶館の間の庭に目を向けた。青々と新芽を吹いた大樹の枝先に、花の蕾《つぼみ》がほころびかけていた。

「ユリの木？」

「さよう。五月の声を聞くころ、百合に似た白い花を咲かせる。森閣下はことのほかあの花がお好きだ。今年もご覧になることができるといいのだが」（第三巻「大楠公の太刀」）

上野精養軒は明治9年(1876)創業。鷗外や荷風などの文人に愛された。浅田次郎もお気に入りのフレンチレストラン。「フランス料理に日本料理の繊細さが加わった味わい。ここのドミグラスソースは絶品なんだ」(浅田)

この日のランチは、安吉と栄治が食事をした上野精養軒で

上野精養軒にあるいくつかのレストランのうち、今回訪れたのは本格フレンチのコースが味わえる「グリル　フクシマ」

不忍池を望む精養軒のロビーで煙草をくゆらせる（2014年現在は禁煙）

同潤会上野下アパート前にて。「よく戦災にも焼けずに残ってくれた。これはほんとうに貴重な建物だね」

関東大震災の後、安吉らは鳥越から青山に新しく建てられた同潤会アパートに移り住む。当時としては最先端の「文化生活」がそこにあったのだ。

上野下アパートは、同潤会アパートで唯一現役の建物（平成二十五年解体）。台東区、上野駅近くにある。昭和四年（一九二九）の竣工《しゅんこう》で、第二次世界大戦中の戦災もまぬがれた。

同潤会アパートに惹《ひ》かれるものがあるのだろうか、浅田次郎作品では、『終わらざる夏』でも登場人物が同潤会江戸川アパートに住んでいるという設定だ。

本郷

第三巻まで、書生常は東京帝大の学生という触れこみで、本郷菊坂の学生下宿に住んでいた。松蔵もお使いでしばしばこの町にやって来る。菊坂は、樋口一葉や宮沢賢治も住んでいたことがある、文人ゆかりの場所。

本郷通りにて。東大の煉瓦の塀沿いを歩く

松蔵も常を訪ねてこの道をしょっちゅう通る。本郷通りはいまも昔も往来が盛んな通りだ。常の下宿を訪う時は、注文の本を届けにきた書店の小僧のふりをする決まり。

赤門前にて。もとは徳川十一代将軍の娘が前田家に嫁いだ際につくられた「御守殿門」。東大本郷キャンパスは加賀前田家上屋敷があった場所

本郷キャンパス内にある三四郎池

書生常に心を寄せる下宿先の娘、静子は、ある時、三四郎池で常に気持ちを問いただす。

「あれァたしか春四月、本郷帝大の三四郎池のほとりで、花も盛りの宵の口に、常兄ィとお静ちゃん、どういうわけかお邪魔虫の俺が、水面に映る朧ろ月を、ぼんやり眺めていたと思いねえ」（第二巻「百面相の恋」）

菊坂、樋口一葉の旧居跡にて

市電通りを帝大の赤門に向かって少し歩き、ハイカラな西洋料理店の角を曲がると、商店の並んだ緩い坂が下っている。（中略）
隘路《あいろ》はいくども鉤《かぎ》の手に曲がり、西も東もわからなくなったあたりに、腐りかけた銀杏《いちよう》の木がある。幹の育つままにたわみ出た黒塀ごしに、松蔵は二階家の窓を見上げた。　（第二巻「百面相の恋」）

一葉が使った井戸が残る菊坂の一画。常の下宿もこのような路地にあったのだろうか。
「このあたりはずっと変わっていない。着物姿で歩いていても、そんなに違和感がないね」（浅田）

帝国ホテル

第四巻は昭和初期、軍部の台頭とどめようなく、きな臭い世相の中、安吉一家は胸のすく活躍を見せる。その主要な舞台となったのが帝国ホテル。書生常が住むこの日本一のホテルは、国の中枢というべき人々が集う場所でもあった。

帝国ホテルのフランク・ロイド・ライト・スイートにて。天切り松シリーズの愛読者である同ホテル小林哲也社長（2007年当時）と語らう

第四巻で東京帝大法学部教授を名乗る書生常《しょせいつね》は帝国ホテルに長期滞在中。支配人は安吉一家の大ファンで、なにげない気配りが心憎い。

書生常が住んでいるライト館は昭和四十二年（一九六七）に解体されたが、建築家、フランク・ロイド・ライトの意匠をこらしたスイートが一室だけ存在する。細かな市松模様の細工、ステンドグラスのランプシェードなどの装飾品や、ベッドをはじめとする調度品など、随所にライトのこだわりが生きる。

「とても居心地がいい部屋ですね。ここでカンヅメになって原稿を書きたい（笑）」（浅田）

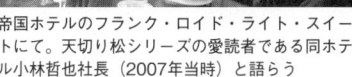

フランク・ロイド・ライト・スイートの窓辺にて

スイートからの眺望。日比谷公園の噴水がみえる。
書生常が暮らす特等客室からも、これと同じ風景が眺められたことだろう

隅田川

一日散歩の締めくくりは、
花のお江戸の象徴、
隅田川を眺めながら
天切り松たちに
しばし思いを馳せる——。

夕暮れ時、隅田川にかかる駒形橋にたたずむ

「見たか下衆《げす》野郎。銭金なんざたちまち消えてなくなるが、山県有朋《やまがたありとも》の金時計《キンマン》がぽちゃんと大川に落ちたとあっちゃあ——」

呆然《ぼうぜん》と立ちつくす人々をぐるりと眺め渡して、おこんは黒繻子《くろじゅす》の襟をぽんとひとつ叩《たた》いた。

「その音ァ、一生この振袖おこんの胸に残らあね」

（第一巻「槍《やり》の小輔《こすけ》」）

江戸っ子が愛着をこめて「大川」と呼ぶ隅田川。振袖おこんが山県元帥の金時計を威勢よく放りなげ、栄治の父親、根岸の棟梁が盗ッ人の金はいらねえと財布を投げ捨て……。

そんなお江戸の粋と気風《きっぷ》をおおらかに包みこむ悠々たる流れは、いまも健在だ。

駒形橋近く、安吉一家が贔屓にする鰻の「前川」にて。「仕立屋銀次もよく来ていたらしいよ」

隅田川を眺めながら江戸前の鰻《うなぎ》を味わう。「前川」は安吉一家も折りにふれ訪れる店。安吉が相沢中佐と出会った場所である。

背筋を伸ばして鰻を平らげ、茶を飲み干したあとで、その将校はしばらく怪訝《けげん》な顔で軍服のあちこちを探っていた。それから目の前の隅田川を見やりながら思い悩むふうをし、やがて座禅でも組むように、目をとじて動かなくなった。

（第四巻「日輪の刺客」）

夕暮れに、いつしか夜の帳が下り、ビルの明かりを映す水面が青く輝きはじめる。大川の夜は、こうして更けていった――。

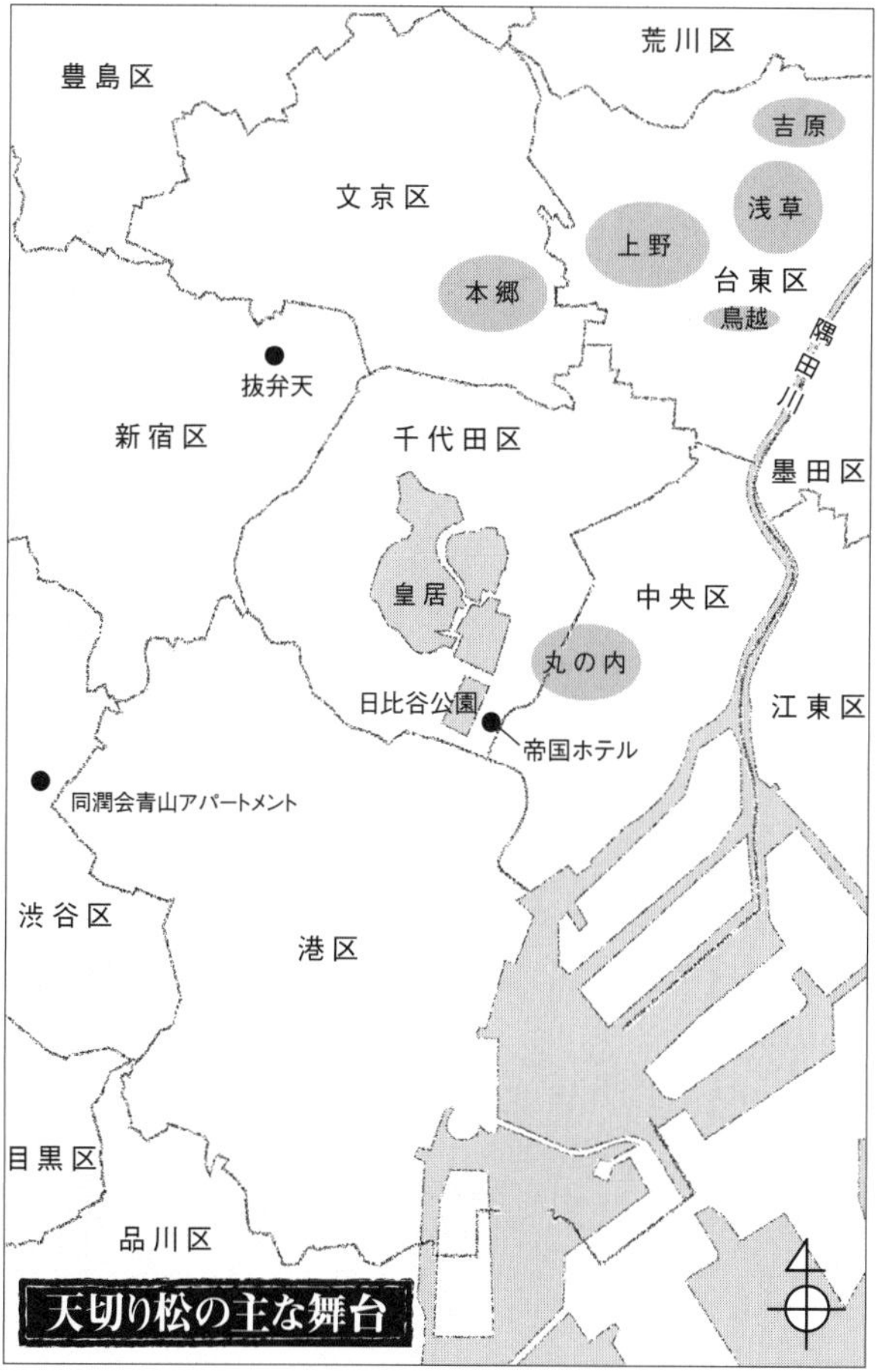
荒川区
豊島区
吉原
文京区
浅草
上野
台東区
本郷
鳥越
隅田川
抜弁天
新宿区
千代田区
墨田区
皇居
中央区
丸の内
日比谷公園
江東区
帝国ホテル
同潤会青山アパートメント
渋谷区
港区
目黒区
品川区
天切り松の主な舞台

第二章

浅田次郎インタビュー

「天切り松は僕の宝です」

生粋の江戸っ子が書く、
生粋の東京小説「天切り松　闇がたり」。
著者自身が「うきうきして書いている」と語る、
この作品に込める思いを聞いた。
『天切り松読本』特別語りおろし。

「天切り松」事始め

――このシリーズを書こうと思われた最初のきっかけをおきかせいただけますか。

エッセイでもそのいきさつに少し触れましたが、じつは幻の「天切り松」の原稿をある小説誌に書いているんです。そこで書いたのは、天切り松が現代に起こった犯罪を解説するという、いまとは全く違う趣向だった。

ところが天切り松の語りで第一話目を書いてみたら、それがすごくいいキャラクターで、待てよ、きっとこの天切り松がたどった時代の犯罪と時代背景を書いていったほうが、ずっと面白い小説になると思って、そのスタイルは一回でやめてしまった。そして二回目に書いたのが第一話「闇の花道」です。この時点でこの一家にこういう感じで大正・昭和史を歩いてもらおうと先のことも決めていたんですが、でも実際に「闇の花道」が掲載されたらそれがすごく不評で。

原稿そのものは、いま本に入っているのと変わらないんですが、その雑誌のカラーに全くあわなかった。それでも第二話の「槍《やり》の小輔《こすけ》」までは載せてもらって、第三話の「百万石の甍《いらか》」を持っていったら、未掲載のままボツになりました。

いつか日の目をみせたいと思っていたら、十年後、前に書いた「天切り松」の原稿に着目していた編集者が続きを書きませんか、と言ってくれた。それで書いたのが

「白縫華魁《しらぬいおいらん》」と「衣紋坂《えもんざか》から」の二本です。時間がないからと無理無体を言われて、一週間かそこらで二本を書き上げました。この時は死ぬかと思った（笑）。

でも僕はこの編集者に感謝しているんですよ。小説を書くっていうのは集中力だから、「一週間で、さあ書いてみろ」って言われたらアドレナリンが爆発するよ。だから時間があっても書けないものが書ける。吉原と華魁がもつ絢爛《けんらん》と、それのネガになっている彼女らの哀《かな》しみがあんなふうに書けたのはあの時のアドレナリンのおかげです。

江戸っ子のダンディズム

——シリーズ全体を通して、江戸っ子の心意気があふれんばかりです。

僕は親子代々の江戸っ子なんですが、両親よりも祖父母の影響を強くうけています。祖母は僕が小学三年の時に、祖父は十九の時に亡くなった。とても仲がよかったので、僕はいつも頭のなかで考える時に、言葉や所作を祖父母の言ってたこと、やってたことにいったん移して書いている。

ふたりとも明治三十年の酉《とり》年の生まれ。「天切り松」では栄治の生年をこれにあわせています。うちの祖父もやくざもんだったから、きれいな刺青《いれずみ》をしょっていて、栄治ほど男前でないにしてもかっこいい人だった。祖母は、祖父の後添えでほんとうの祖母ではないんですが、実の孫以上に僕を可愛がってくれた。この人もすごくきれいな人で、それがちょっとおこんに投影されているかな、と思います。

――おじいさまとおばあさま、かっこいい方たちだったんでしょうね。

東京人の不思議なところで、うちの祖父母も家のなかじゃきったない格好している。シミーズ一枚でいたり、ステテコでごろごろしてたりするんですが、外に一歩出る時にはよそいきを着た。

うちのじいさんも、朝から麻のスーツ下ろして蝶《ちょう》ネクタイしめてどこ行くんだろう、って思っていたら、出て行ってすぐ帰ってくる。近所に煙草《たばこ》を買いに行っただけだった。こんなふうにちょっとそこに行く時でもよそいきを着ていく。

これは江戸っ子の見栄でもあるんだろうけれども、見栄っていうのは自分がいい格好したいという以上に、こういう人口過密都市だから相手にいやな思いをさせたらいけないという気持ちが強かったんじゃないかな。

僕も子供の頃から「勉強しろ」なんて言われたことは一度もないんですが、身なりのことは祖父母に厳しく躾《しつけ》られました。でもやっぱりそれは人に見せるためじゃない。ここが江戸っ子の見栄の誤解されているところで、相手にきたねえなと思わせないようにに心がけるのが江戸っ子のおしゃれだったんじゃないかな。

うちのじいさんもばあさんも口のへらないやつだったから、家のなかではふたりで喧嘩《けんか》ばかりしていた。でも、そういう彼らのことを頭のなかで思い浮かべながら、それをもっと純化した、かっこいいおこんや栄治兄ィを書いたつもりです。

言葉は気性の保存装置

――「天切り松」を読むと、東京弁というのはこんなに豊かな言葉だったんだなと思います。

ここで使っている東京弁がはっきり正確な言葉かどうかはわからない。ただ、さっきも言ったように、書くときに祖父母の口調にいったん移して書いているので、祖父母が変な言葉を使ってないかぎり正確だと思う。でも東京の言葉というのはやはり急激に失われてしまったね。

――それはいったいどうしてなんでしょう？

不思議なことにいまでも完全に滅びたわけではないんですよ。同窓会で同じ出自の同じ世代の人間が集まると、とつぜん東京弁になる。田舎に帰って同窓会をすると、みんな田舎の方言になるでしょう？　あれと全く同じ現象が東京でもある。

ただここからが東京人のかなしいところで、高校まではべたべたの東京弁でも、大学に入ったら東京人の倍ぐらい諸国から来る、すると自分の言葉の荒々しさに気がついて、急に標準語になってしまう。なかには下町にそのまま住んでいて、親の仕事を継いで、女房も東京からもらったっていう稀有《けう》なやつはいて、そういうやつは東京弁をずっと保持している。でも、一般の会社に就職して、よそから奥さんをもらうと女房にも東京弁は使えない。やたら「おめえ、おめえ」とか言ったら喧嘩になるから(笑)。

――標準語=東京弁ではないわけですね。

すっごい方言です、東京弁というのは。それがほかの地方よりも真っ先に表面からは姿を消してしまった。風景と言葉が失われると、それと同時に失われるのが気性。特に風景よりも言葉が大事だね。たとえば九州弁の響きがなくなって、標準語を使うようになったら、あの九州男児の気性も失われるんじゃないかな。東京は一番先に言葉が失われたことによって、江戸っ子の気性が失われたと、僕はすごく思うんだ。

言葉が保全されていると、その土地の気性がそのまま大事にされる。だから気性の保存装置だね、言葉っていうのは。

――そういう気持ちがあって、「天切り松」をお書きになった?

理屈は書いてる途中で考えたのかもしれないですが、こういう言葉を使う安吉親分たちはやることもかっこいい。

いまは自分の意思を言い切れない世の中になっている。「何々であろうかと思います」なんて、政治家から一般の人まで、婉曲《えんきよく》に婉曲に言い切らずにものを言う。あとで責任を問われない話し方だね。あるいは言い切らずに誰かに振る。最後が必ず疑問詞になる。こういう言葉づかいは東京では最も忌まわしいことなんだよ。

言い切って責任とればいいんだ。責任をまぬがれるんじゃなくて、言い切って責任とるか、言い切って喧嘩するか、そのどっちかだ。

――天切り松の人物も皆そうですものね。

そうでしょう？　失われた東京の風景と、失われた東京人の言葉と、失われた東京人の気性、これを全部ひっくるめると江戸っ子のダンディズムってことになる。それを書いた小説です。僕は東京は偉大なローカルだと思っていて、みんなは先進の大都会だと思っているかもしれないが、その皮を一枚めくると「僕の東京」っていうのがある。だから言うなればこれは東京のローカル小説だね。

天切り松で描いた「憧れの東京」

――物語に登場する場所はどんなふうに決められたのですか。

特に何の理由もないんですが、なんとなく自分と縁のあるところを選んだような気がする。抜弁天《ぬけべんてん》の近くに住んでたこともあるし、鳥越には住んでたことはないけど、神田には長かったからわりと近い。僕の歩いた跡、住んでいたところ、あるいはその近辺を登場させているね。

もちろん自分の経験だけではなくて、僕の知らない明治、大正時代の東京もいろんな文献で調べて、調べたこと以上に、僕は古い小説が好きなんでね。いまでは谷崎や芥川《あくたがわ》の小説は古典になってしまっているけれど、僕が読書に親しんだ中学、高校の頃はまだ古典とは言われてなかったから、戦前の小説をよく読んだ。そこで感じた空気が「天切り松」にも大きく影響していると思う。

東京オリンピックが僕が中学一年の時だから、そういう小説を読んでいた時期は、もう崩れゆく、壊れゆく東京だった。いまもすごいですが、東京オリンピックをはさんだ数年のスクラップアンドビルドといったらとんでもないものだった。たとえば、かつては銀座に運河がたくさんあったんだけれど、それを埋めて高速道路をつくっていくわけだから、街の様子がまるきり変わってしまった。その最中にあって、谷崎や芥川、荷風の小説を読んで昔のふるさとに憧《あこが》れていたのかもしれない。

――前半は浅草とその周辺がおもな舞台です。

子供の頃は祖父母に連れられてよく仲見世《なかみせ》見物に来ていた。昭和三十年代のことだけれど、その頃はとても賑《にぎ》やかだった記憶があります。

家が神田にあったので、中学生になるとしょっちゅう自転車で浅草に来ました。その頃は「新世界」っていう、いまでいうゲームセンターで遊んでいたんだけれど、その頃は浅草ももうだいぶ寂《さび》れていた。それから高校三年だか浪人のころ、三ノ輪にある従兄《いとこ》弟《こ》の家に居候していたときに、まだ残っていた昔ながらの六区の映画館に東映のやくざ映画を見に行っていた。これが僕の浅草の歴史かな。

上野は、僕は博物館が好きなので子供の頃からほんとうによく来ていた。東京国立博物館は国内で最も美しいものが集まっている場所だね。上野そのものがとても楽しいところだから、もっと人が集まってもいいのに、イベントがない時はいつも空いている。これは日本の文化度の低さを物語っているような気がするな。特別なイベントがあったら物見遊山的に行くんだが、日常のなかに美術っていう概念がない。戦争や戦後の高度成長のなかで人間の審美眼が失われたのかもしれないね。

――物語は大正からスタートしますが、この大正という時代も魅力的ですね。

じつは僕らは、学校できちんとこの時代について教わっていないんだよ。明治の半ば以降は入試の出題頻度が低いとか、説明しづらい歴史であるということもあって、授業でも適当に流されたっていう感じがする。僕らにしてみれば失われた百年だね。

ほんとうは歴史というのは、自分に近いところほど大事なんだよ。自分の座標を確認するための歴史なんだから。でも日本では国史は大切にされていない。なにしろいまや日本史が高校の必修科目じゃないんだから。そんなこと、ありえないことだと思うよ。自分の存在理由を確認する作業が日本史であって、世界史必修で日本史選択っていうのは間違いだね。

そういうわけでともかく僕らは大正昭和の歴史を知らずに育ったわけで、後年いろいろ本を読んで大正という時代に憧れた。この憧れたっていうのは、意外にそれまで未知の世界だったからじゃないかと思うんだ。戦前でいうと軍閥、軍靴の響き、そういう暗いイメージしかなかったのが、大正時代の荷風や谷崎の小説を読むと、すごく豊かでおしゃれで、いいなあって思ったんだよね。

そう思って調べてみると、やっぱりいいんだよ、大正時代って。第一次世界大戦後の軍縮の時代は、世界的な傾向として軍事費がぐっと縮小されて、その部分のお金は文化的なことにまわされるわけだから、世の中が豊かになって、きれいになる。そういう時代が大正だった。この天切り松の舞台にふさわしい、美しい時代だった。

登場人物について

──目細の安と書生常ですが、実在の人物の名前だそうですね。

「天切り松」に登場する仕立屋銀次は実在したスリの大親分なんですが、銀次が明治四十二年の大検挙の時、逮捕された一味の名簿に目細の安、書生常とあった。これはいい名前だなと思って拝借しましたが、実像は全く明らかではありません。名前以外はすべてフィクションです。

第三巻に入っている「銀次蔭盃《かげさかずき》」は自分でも好きで、全ストーリーの要にもなっているると思うんですが、ここに出てくる典獄も実名です。あれも別に適当な名前でもいいんだけれども、こういう物語を書く時は、資料で歴代典獄を調べて、その時代の典獄だった逸見祐之介《いつみゆうのすけ》という人間の実名を使うとちゃんと動く。それが架空の人間だとあまりピンとはこない。

これはなぜかというと、たとえフィクションであっても、自分自身がこの人間を書くにあたって、もちろん会ったことはないし、どういう人間だったかわかりもしないんだけれども、実在の人間なんだから責任を持とうという気持ちが作者に生まれるんだな。その姿勢を正す感じが、いいキャラクターを生み出すんだと思う。

こういうことをやっていると将来、「うちのおじいちゃんはそんな人じゃありませんでした」と言われたりするかもしれないですが、僕は荷風を書いたり鷗外を書いたりするのと同じぐらい姿勢を正して逸見典獄を書いている。小説は嘘《うそ》の世界だけれども、小説家はその嘘に対して責任を持たなければならないっていうのはそういう意味だと思う。真面目に書いてます。それが読者の方にも伝わったらさいわいです。

――安吉親分という人物像はどこから生まれたんでしょうか。

安吉は自分のなかの理想の男です。憧れるね。自分のなかの男の美学っていうのを、いちばん正確に書いていくと安吉になります。寅弥は前時代的な、頑強な明治人というイメージでつくっているんですが、安吉はモダンな大正人を絵に描いたような人。

しかも江戸っ子の魂を失わずに大正という近代をきちんと着ることのできた人、というイメージで書いている。

安吉という人は自分のことを賊だとは思っていない。だから安吉に関しては「義賊」という言葉もあたらないんだ。どう思っているかというと、自分は「職人」だと思っている。江戸時代から続く「掏摸《すり》」という職人で、精神的なものも受け継いでいる。「米を買う金は盗《と》らない」「盗られても困らないものだけを盗る」という決めごとがある。とはいっても最初からはっきりとそのイメージがあったわけではなくて、小説を書きながらだんだん安吉の実像ができてきたんだよね。

僕はただのスーパーヒーローってのは好きじゃないから、安吉はじめ彼らひとりひとりの内なる苦悩をきちんと書こうと思っていた。安吉には安吉の過去があり、寅弥には寅弥の過去がある。単にかっこいいだけじゃない、苦悩を抱えている人間たちだからこそ、読者は彼らに拍手喝采をおくってくれるんじゃないかな。

「目細の安に財布を掏られた」って言ったら有難がって祝儀をまく。これは「芝居の片棒をかつがせてもらって光栄だ」っていう気持ちと全く同じ。これもまさに江戸の華、東京独特の美学だと思う。

――寅弥も侠気《おとこぎ》にあふれるいい男です。

寅弥はわかりやすくていいやつだね。さっき言った過去と苦悩を抱えたヒーローという、まさにシンボル的な存在。説教寅、つまり説教するのが仕事だから名台詞《めいぜりふ》が残る。「どんなやぶれかぶれの世の中だって、人間は畳の上で死ぬもんだ」っていい文句だ。誰が書いたのかと思うくらいいい文句だよ（笑）。ブッシュに言ってやりてえぐらいだ。

――第四巻では栄治が結核になってしまいました。これは何故？

何故ってことはないんだけど、自然と病気になってしまった。松蔵が栄治に天切りの技を仕込んでもらって活躍するわけだから、コンビで仕事をするのも格好悪いので、ひとりを楽屋にいれたわけです。まあもう少しサナトリウムで養生してもらって、ときどき出て来てもらいます。死にませんのでご心配なく。

天切り松の歴史観

――第四巻に入ってから、時代がきな臭くなっていくなか、世間は気づいていなくても一家の人々は「やばいぞ」と察知しています。

それは僕も最初から考えていたことなんですが、彼らに大正・昭和史を歩かせてみれば、すごく冷静な社会観察っていうのができるんじゃないかと思っていた。

たとえばいまの世相についての議論をするでしょう、そうすると、ある知的レベル以上の人と議論するとてもつまらないんだ。新しい意見が何も出ない。議論のパターンが四つか五つぐらいしかなくて、それを繰り返しているような気がするんだよ。

でもまわりじゅう職人だらけのサウナに入っていた時にテレビでフセイン処刑のニュースが流れたんだけど、案外みんないろんなことを言う。こっちのほうがずっと面白いんだよ。隣のやつは「気の毒だよなあ、あいつだって親も子もいるだろう」とか言っている。普通はまず「気の毒」の一言が出てこない。こっちのほうじゃ「いてえだろ、あれ」とか言うやつもいる。こちらのほうが世論としては真理のような気がするんだよ。そういうふうに考えると、安吉一家から見た世の中、歴史っていうのが、じつは実像じゃないかと思うんだ。

——どうして彼らにはそんなふうに世の中が見えてくるんでしょうか。

世の中っていうのは、やっぱり空気が支配するから、「一億玉砕」って言ったら「一億玉砕」という空気になって、だいたいの人は全部その空気のなかでしか考えられないし、議論ができなくなる。でもその空気の外に置かれている人間はある程度客観的に見ていて、そちらのほうが正しい場合がある。

第四巻の相沢事件を例とすると、当時の新聞記事には、マスコミの相沢評として「狂信的な国粋主義者」というほかに、「変質者」っていう言葉がよく出てくる。いまでいう性的変質者という意味ではなくて、ちょっとどこかおかしいやつという意味なんだけど、すこし引いたところから見ている人には、相沢に対してある違う感情が読めてくると思うんだよね。安吉親分だったら「あいつもいい年で、女房もいるだろうし、ガキもいるだろう。しかもうだつのあがらねえ将校なら、ドサまわり繰り返して、ずいぶん女房子供も苦労しただろう」って考えるんじゃないのかな。そうするとああいう物語ができてくる。安吉親分はべつに相沢を助けようとは思わないが、女房が気の毒と思うわけだ。

――それはご自身の歴史観が反映されているわけですね。

僕は大所高所から歴史を見ることはできないですが、歴史のなかに生きていたひとりの人間を小説のなかで書いていきたいと思っている。

たとえば山県有朋という人間は、当時も政治的には権威の塊であったと同時に、帝国陸軍を完全に整備した人物。のちの軍国主義の生みの親という意味では、日本史のなかでは二重の悪役になっている。でも権威に関知しないおこんの目からみれば魅力的に見えたんじゃないかと思う。直接会ってみればいい男だったんじゃないかなあ。

長州はほかの藩と違って、最初から反幕主義で徹頭徹尾戦いぬいて、伊藤博文、山県有朋より上の世代はみんな死んでしまっていた。だから山県はものすごく必死に、能力以上のことをやって働いたんだろうし、それが彼の権威主義、コンプレックスにつながったんだと僕は思う。そういうふうに考えると、ある魅力的な山県像が浮かび上がってくる。僕が考える山県有朋像とおこんを対面させてみたら、こんな話ができました、というのが第一巻にある「槍の小輔」です。
僕は文学はもちろん大好きなんですが、歴史も大好きで、書斎の蔵書は文学書と歴史書がだいたい半々ぐらい。「天切り松」には、そのふたつがうまく組み合わさっていると思う。山県有朋とは何者か、永田鉄山《ながたてつざん》とは、荷風とは、という僕の考えが天切り松に生かされている。これからもっといろんな人が出てくると思います。

永田鉄山と相沢三郎について

——第四巻では永田鉄山が殺害される相沢事件がひとつの読みどころです。

永田鉄山は歴史的に見て非常に重要な位置にいる人で、彼の残した思想がその後の日本を動かした。太平洋戦争の表と裏の指導者といえる東条英機と石原莞爾《いしはらかんじ》も、ふたりとも永田鉄山の頭脳の片方ずつを受け継いだ子分なんだ。僕の頭にある永田鉄山の思想は「日輪の刺客」での書生常との対話のなかできっちり書いたつもりです。書いたあとでこれはもっと大きな小説になる話だったと思って反省しました。永田鉄山は良くも悪しくも評価されていないけれども、僕は偉大な人だと思う。

——永田鉄山が生きていたらその後の歴史は変わっていた……。

もちろん変わっていたけれど、死ぬべき運命にあったんだろうね。
僕は永田鉄山の殺害は、相沢三郎はあくまで実行犯で、永田鉄山対その他大勢という図式の謀殺だったと思う。ほんとうはそのミステリーを書きたいと思っていた。いつか書くかもしれませんが。

というのも相沢事件の公判記録を読んでいくと、あまりにもおかしい。いくら変質者だろうが、やっぱり陸軍士官学校を出たエリートなんだから、もっと論理的なことを言わなきゃおかしい。全く論理性に欠けていて、僕には何かを隠しているとしか思えない。彼は変質者の仮面をかぶったというふうにしか思えない。でもそうすることが彼の武士道だったんでしょう。

――相沢中佐の遺書は本物？

本物です。相沢中佐の遺書のなかにある「和以」という言葉、最初はその意味がわからなかった。なんだろうなあって考えたんだけれど、僕の解釈は「惜別の譜」に書いたとおりです。「和以」という一言は重要な鍵で、変質者でもなんでもない相沢三郎の正体を感じる。これは彼の暗号で「私は人が言っているような、あるいは公述調書に述べたような国粋主義者ではありませんよ」と言っているような気がするんだ。自分は馬鹿でもなんでもなくて、世の中を知らないわけじゃない。アメリカ化したこの世の中も理解している最も先進的な人間だ、という意味だと思うけれど、どうだろう。

永井荷風について

――他にも歴史上の人物が登場しますが、その常連は永井荷風です。変人だったという話もよくききますが……。

永井荷風が死んだ時、僕は小学校二、三年生だったんですが、学校で先生が荷風について話をしてくれた。すごいお金持ちだったんだけどお金をゴムで束ねてそこらに置いてあったとか、何年も掃除していなくてほこりがこんなに積もってたとか。それでも文化勲章をもらった人なんです、小説家って変な人が多いですねって。

そういう行状はさておき、荷風は近代文学の、散文がはじまってからの文章家のなかでは、いちばんの名文家だと僕は思っている。そういう意味の尊敬もあって「天切り松」に出ていただいてます。

――荷風とはどういう人だったと思われますか。

すごいディレッタンティズムを感じるね。非常に博学な大教養人。同時に『断腸亭日乗』を読むと冷静な社会観察者という側面がある。さっき言った全体の空気に惑わされずに、空気の外側から世の中を客観的に見ているというライフスタイルを感じるので、もしも「天切り松」に、ある紳士を登場させるとしたらぴったりだろうなあと思いました。荷風だったら安吉たちと妙に仲良くなって、自分から話に頭をつっこんできそうな気がする。ストリップ劇場の楽屋に入っていくのと同じような感じで、あいつらとつきあうんじゃないかなあ。

それに荷風というのは大教養人だけれども、教養を人物眼の基準には決してしていない人だと思う。そこが僕が荷風をすごく好きな理由のひとつ。『断腸亭日乗』を読んでいていいなと思うのは、荷風のその視線だね。それは学問を相当やった人だから初めて出てくる社会観だと思う。

僕も最近は学者の人とずいぶんつきあいができたんですが、ほんとうの大学者っていわれる人ほど腰が低い。これはどうしてかというと、学問はそれほど大変なものだっていうのがわかっているからだね。明治人の勉強の仕方は僕らとは全然違っていて、ひとり何役もやりながら国家の期待を背負って学問をしたわけだから、そうするとあいう世の中の見方っていうのが出てくると思う。つまり「未だ至らずという意味では、私も村田松蔵君も同じだ」という感覚。それもあるけれど、むしろ彼はたぶん安吉親分のことを違った基準で尊敬してるんだね。

誰か文士を出そうとは最初から思っていたんですが、荷風以外考えられなかった。だから僕らや周囲が変人だっていうのは、ひとつの誤解かもしれない。彼自身のライフスタイルを突き詰めていくと、変人だと思われるしかなかったのかもしれない。江戸の傍観者、東京の傍観者としてはもってこいの人物だと思う。

今後について

――ファンがこのあとを待ち焦がれていると思います。

サイン会では必ず何人かから聞かれます。「あれで終わりですか？」「いいえ終わりません」って言ったらみんなにっこり笑ってくれる。

第四巻で昭和に入りましたが、これから時系列でどんどん時代が下っていくんじゃなくて、安吉一家には大正、昭和を行ったり来たりしながら仕事してもらいます。これまで関東大震災や二・二六事件をとばしていますが、それは意図的にやったことで、いずれ大活躍をさせるつもり。康太郎や勲《いさお》、いい脇役もいっぱいいるから、彼らにも働いてもらわないとね。これからもずっと書いていくつもりなので、ずっと読んでいただけたらうれしいです。

「天切り松」は僕の宝。いちばんうきうきして書いている。だから読んでいて、どの話も乗りがいいと自分でも思います。それは書いてる本人が面白がって書いている証拠です。これからも大正の初めから昭和にかけての時代を、天切り松たちに自由自在に走り回ってもらいましょう。

第三章

「ふだんの自分のままです」

第五巻刊行記念　浅田次郎インタビュー

天切り松シリーズ九年振りの新刊、
第五巻『ライムライト』が
ついに平成二十六年一月に刊行！
刊行記念・語りおろしインタビューを
お届けする。

「モダン東京」から不穏な時代へ

――天切り松ファン待望の第五巻『ライムライト』がいよいよ刊行を迎えます。シリーズ九年ぶりの新刊です。

九年ぶり？　いままででいちばん間があきましたか？　それは待っていてくださった方に悪いことをしちゃったなあ。

――第四巻『昭和侠盗伝』では、関東大震災から二年後の大正十四年（一九二五）に安吉や松蔵が同潤会青山アパートメントに入居したことが明かされたあと、時代がとんで昭和九年（一九三四）以降、日本が戦争へと突き進んでゆく中、懸命に国に抗《あらが》おうとする安吉一家の姿が描かれました。第五巻はこれまで空白だった大正末から昭和八年が主な舞台です。歴史的背景についておきかせください。

少しさかのぼってお話しすると、明治に入って瞬く間に新しい近代国家を建設した「奇跡の日本」は、日清、日露戦争を経ていわば世界の一等国に躍り出ます。そして第一次世界大戦が大正七年（一九一八）に終結すると、日本はほとんど参戦していなかったにもかかわらず大きな利権を得る。たとえば太平洋のミクロネシアのほぼ全域を国際連盟から委任統治領として認められる。ここは海洋資源だけでなく鉱物資源も非常に豊富な地域です。それに加えて軍縮の時代でもあるから、日本は平和で安定した時代を迎えることになります。

――いわゆる「大正デモクラシー」の到来ですね。

同時にアメリカとの蜜月関係も大きく寄与します。もともとアメリカは日本にとって最初の条約を結んだ外交上の最恵国ですから文化的、経済的にものすごく影響を受けているわけです。ここが肝心なんですが、僕が描きたかったのは、当時の東京はとてもモダンだったということ。明治時代の西洋文化はあくまで「一部の人だけが味わっているヨーロッパ」でした。しかし大正時代はアメリカから流入した新しい文化が庶民にまで浸透していった。町にはジャズが流れ、フォードやパッカードが通りを走り、ダンスホールがあちこちにできて、モガ・モボが闊歩《かっぽ》する。これが東京都市部の風俗です。我々には、昭和二十年の終戦を境に、昨日まで鬼畜米英だった日本人が占領された途端にまわれ右してジャズを歌いだすという感覚があるけれど、それは不思議でもなんでもない。四年間だけ鬼畜米英だったのが戦争が終わって元の文化が戻ってきた、というだけのことなんです。関東大震災の復興に最大の援助をしてくれたのもアメリカでした。戦後の東京の焼け野原があっという間に復興するのは、関東大震災の復興のモデルがあったからです。アメリカが最大の援助をしたという点でも似ている。僕らが現代の東京で目にすることのできる古くて美しいもの。たとえばお濠端《ほりばた》に並ぶ第一生命館や明治生命館など、重要文化財に指定されているようなきれいなデザインの堅牢な建物は震災復興後の代表的な建築作品です。このように関東大震災から復興を遂げ、平和な時代を取り戻したものの、昭和四年に世界大恐慌がはじまり、やがて中国大陸での動向がきな臭くなってゆく……というのが第五巻の時代背景です。

チャップリンは僕の光明

――表題作「ライムライト」は、昭和七年、軍事テロによって犬養《いぬかい》毅《つよし》首相が暗殺された五・一五事件に来日中のチャップリンが巻き込まれるという設定です。帝国ホテルと首相官邸を舞台に常次郎と松蔵が大活躍します。

「チャップリン暗殺計画」があったのは本当らしいです。多少の資料も残っていますので、そこはできる限り史実にのっとって書いています。もちろん、後半、チャップリンがあることのためにひと肌脱ぐ、というのはフィクションですが（笑）。そのくらいダイナミックに跳ばないと小説にはならないので。

――寅弥は「どうにも他人とは思えない」と深く共感を寄せています。チャップリンと安吉一家、精神の根っこに通じるものがあるようです。

チャップリンも元々、貧乏な家の出。親はそこらの町の芝居小屋の芸人で、子供の頃から芸を仕込まれて、食うや食わずの貧乏の結果大スターになった人です。だからあのような作品をつくることができる。いいものをつくろうとするとほとんどの場合、いい家の子じゃないと難しい。教養が大事で、いいものをたくさん鑑賞して、理解した上でつくらないといけないわけだから。たとえば三島由紀夫の小説は全然手垢《てあか》がついていない。視線が高いだの低いだのというのは二の次で、僕ら小説家はきれいな物語を書こうとするわけだから、変な苦労や貧乏をしてはいけないんです。ただ、ほんのひとつ光明があるとしたら、それがチャップリン。芸術論からいうと泣ける話なんていうのはろくでもないものですから芸術としては評価されづらいけれど。僕も「お涙作家」といわれたら半分は嬉《うれ》しいけれど半分は馬鹿にされた気がする。しかしチャップリンを見ると感動するし、すばらしい美学を感じます。

チャップリンはわずかな光明のなかでものをつくり、いいことか、悪いことかわからないけれど、自分の苦労を飯の種にして、でも、それを美しく表現できた人。チャップリンのものをつくる精神は芸術を志す多くの人々の光明です。

そんなわけで、ここでは「チャップリンだったらこのくらいのことをしてもいいいんじゃないか」「させちゃおうぜ」という気持ちで書きました。

――チャップリンを標的とする五・一五事件実行犯の士官候補生・花輪は首相官邸に向かう車中「なぜチャップリンが敵にされるのだろう」と自分に問いかけます。

彼は架空の人物ですが、士官候補生ですからおそらく十七か十八歳、もともとは農村の窮状を救おうという熱情から始まった行動なのに、どうして貧乏人の味方であるチャップリンを殺さなくてはならないのか、そう思うでしょうね。

五・一五事件というのは極めて未成熟な計画でした。失敗を重ねていくうちにやがてテロリストの計画が成熟し、昭和十一年の二・二六事件で結果的に彼らの目論見《もくろみ》は成功します。五・一五事件の裁判の結果が甘かったのがいちばん物をいいました。時の首班を暗殺した犯人に対して、あり得ないことに減刑嘆願運動まで起こったんですから。周りの人間がそれだけ寛容であるとは、社会が自分たちを認めている、支持しているんだろうという錯覚に、二・二六事件の将校たちは陥っていたはずです。

五・一五事件、二・二六事件で殺された文官は反軍的な人たち。犬養毅は、賛否あるかもしれないけれど僕には昭和の賢人というイメージ。軍隊に対して超然としていた。銃口を向けられて「話せばわかる」と言ったのは史実の通りで、どんなに血気にかられた軍人であっても自分の言葉で説得する自信があったからでしょうね。高橋是清《たかはしこれきよ》は金融恐慌を救ったスーパーマンのような人。しかも八十二歳の老人です。二・二六事件というのはあれはもうヒステリーだと思う。ヒステリーを醸成する社会があり、なおかつそのヒステリーに社会が寛容であった。その考え方が続くすべての軍の過ちに結びついていきます。満洲事変から太平洋戦争にかけての対中国政策はどう考えたとしても軍の暴走でしかない。しかし国民は寛容だった。そのような空気が次第しだいに醸成されていったわけです。

スカイツリーはCG!?

――「箱師勘兵衛」では、昭和二～三年頃、信州の山村を訪れた寅弥と松蔵が田舎の貧しさを目の当たりにして衝撃を受けます。

ちょうど関東大震災と世界大恐慌のあいだ、壊滅した東京が復興し、第一生命館のようなビルがずらりと並ぶバブルの時代のこと。東京の一極集中がすごく進んだ時期です。いまと世相がよく似ていています。不景気と言われながら東京では新しいビルがどんどん建つけれど、地方都市はガラガラで、時々講演で地方に行くとそのさびれように愕然《がくぜん》とする。寅弥と松蔵の驚きは、僕のその感覚がちょっと入っています。

――震災後、近代的に様変わりした浅草の街並を松蔵が切なく眺める場面もありますね。

僕も安吉一家も東京生まれの東京育ちです。ですから松蔵の感覚は僕と似ています。原・東京人は、東京が繁栄してゆくことを実はあまり歓迎していない。人が増えて、子供の頃から見ていた風景がなくなっていく。何もかも変わっていってしまう。ふるさとがなくなるっていう感覚が原・東京人には等しくあるんです。ですから松蔵たちの中にもその時期、同じような気持ちがあったと思います。

誰だっていやでしょう。あるとき自分のふるさとに他県から違う言葉を使う人たちが大勢やってきて、これまでと違う産業がたくさんできて、自分の育ってきた景色が変わっていったら――。だから東京の人間で昭和三十九年の東京オリンピックに舞い上がった人はそういないはず。今度のオリンピックだって歓迎している人は東京人にはそれほどいない。「またか」って感じかなあ。なんてったって前のときは日本橋の上に道路架けられたんだから。今度は皇居の上に橋でも架けるんじゃないかって思いますよ。

――いま、浅草からはどーんとスカイツリーが見えます。

僕からするとああいうのも「しゃらくせえ」わけです。全く東京的じゃないんだから。いま浅草寺から眺めると、スカイツリーがどーんと見えて隣にはフランス人がつくったうんこビルまである。昔のパーンとひらけていた向島の景色が台無し。僕は一生、スカイツリーには登らないね。そもそも僕は認めていません。あれは実はCGで、みんな騙《だま》されてんだよ（笑）。あの時期にあんなものつくる金が日本にあったわけがないんだから、十分の一くらいの予算で誰が見ても「わあー」って思う、最高のCGをあそこにつくった、としか思えない。

――観光客には好評ですが、東京人の皆さんにはすこぶる評判が悪いわけですね。

きっと都庁職員に原・東京人はそういないはずだよ。考えてもみて、よその県庁にみんな他県から人がやってきて「ここをよくしよう！」と言ったって、元々愛着がないんだから無茶苦茶なことするぞ。なにしろ東京オリンピックの前には町名全部変えられちゃったんだから。僕の住んでたところは「神田旭町」という美しい町名だったんだけど「内神田○丁目」に変更するって言う。神田は山手線を境に「内神田・外神田」。「線路がなんだ」「江戸時代は線路なんかなかったんだ!」って猛反対したけれどね。当時の官庁の言い分としては郵便配達するのに都合がいいからって。でも僕たちは「内神田何丁目」とか言われると、かえって全然わからなくなった。神田の一部と牛込のあたりの人たちは「江戸時代からの由緒正しい名前なんだから」と頑張って町名が残ったけれどね。そうだ、いまからでも元に戻せばいいんだよ、全部。今からでも遅くないでしょう。

安吉は理想のリーダー像

——五巻冒頭の「男意気初春義理事」は、安吉が子分のけじめとして、正月の浅草・伝法院で仕立屋銀次を見送る物語です。

この話は安吉一家のアイデンティティに触れています。安吉以外の仕立屋一門と官憲がつるみ、現実もそのような状態だったらしいけれどいわば「悪のシステム化」がなされていた。それに対して安吉一家だけが反旗を翻したわけですから。安吉以外の親分が銀次を官憲に売る「闇の花道」(第一巻所収)と、銀次が収監された網走監獄での再会を描いた「銀次蔭盃」(第三巻所収)。そして今回の「男意気初春義理事」が三部作になっています。

——第五巻で気になるのは、安吉が気弱になってきた感があることです。昭和七年には年齢的に五十を過ぎた頃。隠居を考えはじめる年頃でしょうか。

その当時だとそうかもしれないね。会社勤めの人なら定年退職する頃だからね。ただいちばんの理由として考えられるのは、彼らは職人だから自分の技術的な問題だろうね。老眼で掏ろうとすると、手先でばれなくても目つきでばれちゃったりとか。

——とはいえ、安吉の心意気は不滅です。薄倖の女性、千代子に手をさしのべる「薔薇《ばら》窓《まど》」では、安吉の優しさに胸が熱くなります。

僕も長いあいだ男をやってきて、いろいろと偉い男の人にも会ってきましたが、トップに立つ人、人に尊敬されている人っていうのは、優しい。優しいだけじゃあだめだよ。強さと優しさが表裏一体になっている人がやはりトップに立っていると思う。安吉の人間像は僕の考えている理想のリーダー像です。

おこんの謎が明かされる

——今回もおこん姐さんにぞっこん惚れる男が登場します。昭和元年の横浜を舞台にした「月光価千金」、お相手は財閥の若当主・住之江男爵です。これまで次々男を振ってきたおこん姐さんですが、いつになく心が揺れているような……。

年齢的なものでしょう。彼女のなかの「女であること」と「振袖おこんであること」の相克ですよ。しかし彼女は最終的に「振袖おこん」であることを選ぶ。これは彼女の矜持《きょうじ》ですよ。夜な夜な砥石《といし》で指を研いでいるような人が当たり前の世界に行っちゃいけない。おこんじゃないけれど、僕も小説家であるか、人間であるかの選択を迫られたら迷うことなく小説家であることを選びます。そのためにこれまでずいぶん周りの人に「ろくでなし」とか「ひとでなし」と言われてきたけれど。

——これまで謎に包まれていたおこんの過去も明らかになります。

これはねえ……。おこんの神秘性っていうものがあるでしょう。だから書こうか、どうしようか迷いました。自分でも昔、さいとうたかをさんがゴルゴ13の過去をばらしたときのショックが大きくて、それをきっかけに漫画から足を洗ったくらいだったので（笑）。書かなければ物語に決着がつけられない感じがしたのと、安吉にせよ、寅弥、栄治にせよ過去は明らかにされているので、おこんもそろそろ言っていいかなあ、と。いまもって出自がわからないのは常次郎だけですね。

おこんの過去、バラしちゃいましたけれど、どうぞ勘弁してください。

——根岸の棟梁《とうりょう》が主人公ともいえる「琥珀色《こはくいろ》の涙」は涙なしには読めません。

ついに出ました、根岸の棟梁。切り札としてとっておいた人物です。「琥珀色の涙」は第一巻に入っている「百万石の甍《いらか》」とあわせて読んでください。

僕は「天切り松」シリーズを通して好きな場面は「百万石の甍」のラストシーンなんです。とっても江戸前のシーンだと思うんだよね。正月明けに栄治が人形焼を持って建前の現場に行って、棟木の上で玄翁をふるう根岸の棟梁を見上げて「おとっつぁん」って呼びかける、あのシーン。いかにも「東京」っていう感じがして。「百万石の甍」と「琥珀色の涙」は二つでワンセットの物語なので、ぜひ続けて読んでいただけたらうれしいです。

「天切り松」はライフワーク

――五巻だけでなく、前の四冊とつなげながら読むといろんなことが見えてきます。

東京の人間が忘れた、もっと大きくいえば日本人が忘れてしまった、本来持っていたかっこよさ、潔さをこの小説に込めているつもりです。なにがグローバルスタンダードだ、くそくらえ、って感じです。最初の頃は東京の人間だけに理解してもらえるローカル小説と思って書いていたんだけれど、江戸っ子のダンディズムは全国区だった。日本人のダンディズムだったんですね。まあ、これでもっと東京に人が増えたら困るけど（笑）。

――今後の「天切り松」シリーズはどのような展開に？

いつかは関東大震災をテーマに長いものとして一冊、「天切り松」で書きたいと思っています。関東大震災は東京をまるきり変え、その後の歴史に多大な影響を及ぼしたという意味においても、非常に大きな出来事であり、テーマ。東日本大震災後の現在、本当はもっと関東大震災の研究をするべきなんです、何が起き、そのあとどうなったかという。いまの世相、政治状況と非常に似通っています。

今すぐに書くと、先の東日本大震災の「あて書き」のように思われかねないし、自分のなかでも意識してしまうので少し間をおくつもりです。今回の震災に関しては、僕ももちろん大変考えさせられることが多かったけれど、それによって自分たちのスタンスを変えてはならないと思う。それは文化が変形していくという意味で、一種の二次災害だから。毅然として自分たちのやっていた仕事をやり続けることが、いちばんしなくてはならないことだと考えています。

――「天切り松」シリーズはこれからも続くわけですね。

死ぬまで書き続けます。天切り松はとても面白い、楽しい仕事。上品な小説を書いていると「俺、いま嘘《うそ》書いてるなあ」って思いますもん。でも天切り松を書いているときはふだんの自分のままで「馬鹿野郎っ」って言ってる感じがする。だから書いていてとっても楽。「天切り松　闇がたり」は僕のライフワークです。絶筆はこれにしたい（笑）。

第四章 天切り松の帝都ガイド

「いい時代だった。俺ァそののち、
あんなにきれいな東京は知らねえ。
明治の赤煉瓦の上に、大正モダンの石造りと真鍮とが、
すっぽり覆いかぶさって、町も人も、
みんなきれいだった——」（第二巻「百面相の恋」）
天切り松が懐かしむ、いまはなき大正・昭和の帝都。
古い絵葉書や写真でその風景をたどってみた。

浅草

安吉らが住む鳥越の長屋からおよそ二キロ。浅草は江戸の頃から信仰と娯楽が結びついた庶民の町だ。少年時代の松蔵も、寅弥や栄治に連れられて観音様に詣でたり、活動写真見物にやってくる。

明治時代に浅草寺境内を七区に分けて整備を進め、遊園地に水族館、見世物小屋、活動写真館、劇場、さまざまな商店や飲食店、露店が軒を連ねる一大エンタテインメントパークができあがった。「天切り松」の浅草は、肩ひじはらずに楽しめる、東京一の盛り場だった。

当時の浅草を象徴するのが、「十二階」の愛称で親しまれた「凌雲閣《りょううんかく》」。東京市下を遥《はる》かに見下ろすタワーは奇怪なたたずまいで人々に強烈な印象を与えた。

浅草の喧騒《けんそう》から一歩離れて、北に足を進めると、全くの別世界、吉原の遊里が広がっていた。松蔵の姉、さよは吉原に売られていく。

松蔵は、喜びも悲しみも混沌《こんとん》としてあるこの町を、縦横無尽にかけめぐっていた。

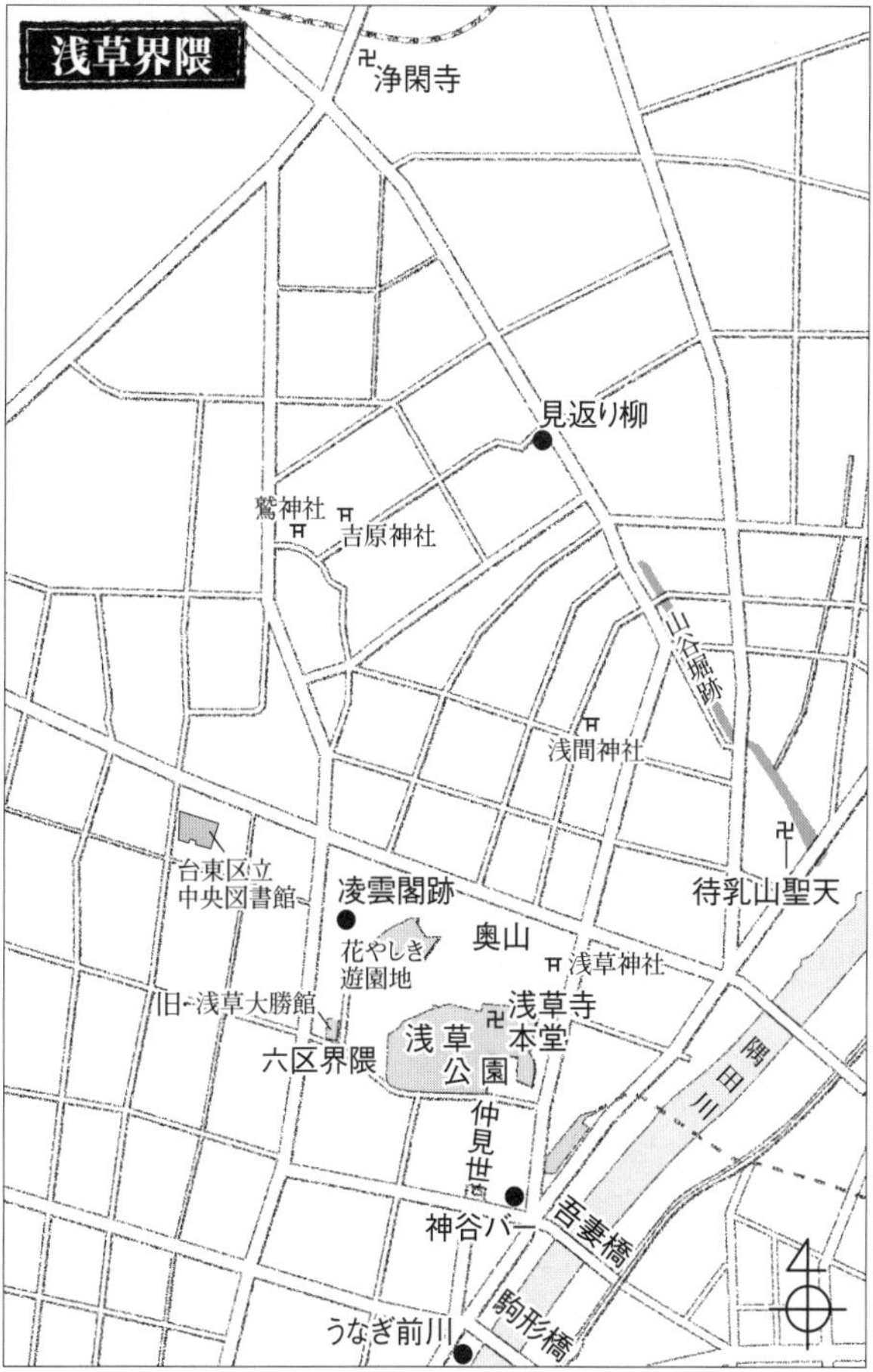
浅草界隈
浄閑寺
見返り柳
鷲神社
吉原神社
山谷堀跡
浅間神社
待乳山聖天
台東区立
中央図書館
凌雲閣跡
奥山
花やしき
遊園地
浅草神社
旧-浅草大勝館
浅草寺
本堂
浅草
公園
六区界隈
隅田川
仲見世
神谷バー
吾妻橋
駒形橋
うなぎ前川

大正時代、震災直前の仲見世通り。赤煉瓦づくりの建物が続く。幕末に焼失した雷門が復活するのは昭和35年（1960）のこと

仲見世

「なあ、寅兄ィ。何もこんなふうに蟻《あり》ン子みてえに歩かなくたって、横丁を行けァいいじゃあねえか」

大人たちの背や腹に囲まれて、のろのろと歩くのもいやだったが、実のところは横丁にある梅園館や共栄館の勧工場《かんこうば》に立ち寄って、客寄せのからくり人形やパノラマを覗《のぞ》きたかったのだ。

（第二巻「残侠《ざんきょう》」）

正月、寅弥に誘われて浅草に初詣にやってきた松蔵。あまりの人込にだだをこね、拳固をお見舞いされてしまう。「勧工場」とはショッピングセンターの走り、梅園館、共栄館は仲見世に実在した店。

観音堂の裏手はかつて「奥山」と呼ばれ、江戸時代から大道芸や見世物がさかんに行われていた場所。写真は明治後期

観音堂裏

「ちょいと待った」

人垣が割れた。

「ごめんなすって。いくら座興にせえ、それだけの銭を投げたんじゃあ、ご愛嬌《あいきょう》にしたってお客さんも後生が悪すぎやす」

進み出たのは小さな老人である。背筋は凜《りん》と伸びているが、それでも身丈は四尺六、七寸。どうみても松蔵より小さかった。

(第二巻「残侠」)


観音様に詣でたあと、お堂の裏にまわった寅弥と松蔵が口上ばかりの居合い抜きを冷やかしている時、現れたのが先の老人。あとで名だたる俠客と知れ、鳥越の長屋に騒ぎをよぶ。

12階建て、地上52メートル。通称「十二階」。関東大震災で上部の塔が折れ、陸軍工兵隊により爆破処理された

凌雲閣

露天商や掛茶屋や見せ物小屋が雑多に立ち並ぶ観音様の境内を過ぎ、花屋敷の壁に沿って歩くと、やがて目の前に雲を衝《つ》くような凌雲閣が、ぬっと姿を現した。しじゅう見慣れた風物ではあるが、店々の廂間《ひあわい》からふいに現れたその赤煉《あかれん》瓦《が》の塔は、まるで花屋敷のジンタの響きにうかれて、立ち上がったパノラマのように思えた。

（第一巻「百万石の甍《いらか》」）

明治二十三年（一八九〇）に完成した凌雲閣。頂上に展望台、途中の階には展覧会場や土産物屋が。しょっちゅう浅草で遊んでいる松蔵だが、凌雲閣には栄治に連れられて昇ったこの時が初めて。

凌雲閣からの眺望。展望台は木造の吹きさらしだった。天気がいい日は伊豆、富士山、日光までもが見渡せたという

凌雲閣からの眺望

にわかに天蓋《てんがい》を開いたように頭上が明るんだ。真白な冬の陽射しが降り落ちて来た。松蔵は思わず、わあっと歓声を上げ、栄治の脇をすり抜けると、欄干《らんかん》で囲われただけの見晴らし廊下に走り出た。

まさに雲を凌《しの》ぐほどの高さである。

(中略) ひしめきつらなる甍の波の彼方には海が望まれ、品川のお台場がぽつんと浮かんでいた。

「松、おめえ怖かねえのか」

はしゃぎ回る松蔵を抱き止めて、栄治は言った。

「怖いも怖くねえも、こっから飛び下りろてえなら、今にも飛んでやらあ」

(第一巻「百万石の甍」)

大正時代の六区。映画が娯楽として定着したこの頃、尾上松之助、栗島すみ子のようなスターも誕生し、活況を呈していた

六区興行街

三館共通の割安切符でまず金龍館のオペラを見、常磐座《ときわざ》の演劇を見終わって東京倶楽部《くらぶ》の玄関から六区の興行街に出ると、冬の日は欺《だま》されたように昏《く》れていた。

活動写真の興奮が醒《さ》めやらず、康太郎の声は高い。三が日を過ぎて急に人出の減った通りに立ち止まり、尾上松之助のふりを真似て仁義を切る。

（第二巻「切れ緒の草鞋」）

浅草の楽しみは映画館や芝居小屋が集まる六区。松蔵と康太郎が使った「三館共通切符」は映画、芝居、オペラが割安に楽しめるこの時期のヒット商品。

帝国館

「てえことは何だ、もしやおめえのおとっつぁんは、チャップリンの映画を帝国館で映してらしたのかい」
うん、と映子はこともなげに肯《うなず》いた。

（第五巻「ライムライト」）

浅草六区にあった映画館・帝国館。明治末に創業、大正時代に松竹に移譲された。浅草の人々に愛された名門映画館。写真は昭和４年（1929）

時は昭和七年（一九三二）。前年には満洲事変が勃発するなど、行く手に暗い雲がたちこめつつあった晩春のこと。寅弥は浅草六区の映画館・帝国館前で映子という名の少女と出会う。昨年応召された彼女の父は帝国館の映写技師だという。

淺草寺本坊傳法院玄關及庭園

浅草寺の本坊。安永６年（1777）建築の客殿等からなる。寛永年間（1624〜44）に小堀遠州が作庭したという約3700坪の廻遊式庭園でも知られる

伝法院

「仕立屋銀次の弔《とむれ》えを、目細の安が出そうてえんだ、ひとめ見なけりゃ一生の不覚、線香立てりゃ孫子の代までの語りぐさだあな。おかげで伝法院の境内は押すな圧《へ》すなの満員御礼――」
（第五巻「男意気初春義理事《おとこいきはるのとむらい》」）

暮れも押し迫った冬のさなか、シャッポの新吉がもたらした仕立屋銀次獄死の知らせ。衝撃を静かに受け止めた安吉が発したひとことで、一家の面々はさっそく動き出した。

お上の顔色をうかがっておびえる兄貴分たちを尻目に、安吉らは浅草寺本坊伝法院で江戸の男気を見事に発揮する。

幟が立ち並ぶ宮戸座前。門閥、名跡の役者による大芝居に対して小芝居と呼ばれたが実力勝負の芸で人気があった

宮戸座

日曜の人出で賑わう仲見世を歩き、観音様の裏手の淡嶋神社を抜けて通りを渡ると、何度か栄治兄ィに連れられて行ったことのある宮戸座《みやとざ》の幟《のぼり》が見えた。

「僕のおじさんはね、ここの座付役者なんだ。四代目中村燕蔵《えんぞう》。そのおじさんが芝居に凝って勘当になっちゃったから、おかあさんが入婿をとったんだよ」

ほらね、と康太郎は宮戸座の前に立ち止まって、伯父の名を染めた幟を自慢げに指さした。　（第一巻「白縫華魁《しらぬいおいらん》」）

康太郎のおじさんは市川猿之助の相手役を務める立女形《たておやま》。宮戸座は浅草っ子が愛してやまなかった歌舞伎の小屋である。

浅草と向島を結ぶ吾妻橋は安永３年（1774）創設。明治20年（1887）、隅田川で初めて鉄橋に改架された。写真は明治40年頃、浅草側からの風景

吾妻橋

天切りの手習いを済ませた数日後、栄治と松蔵は吾妻橋《あづまばし》のなかばでばったり根岸の棟梁《とうりょう》と行き遭った。川風の吹き抜ける、日ざかりの午後である。

「なんだと？――おいおい、おとっつぁん。いくら暇だからって、一文の得にもならねえ長屋の修繕なんて、たいげえにしておけ」

「欲も得もねえ。道楽にケチをつけるな」（第二巻「黄不動見参」）

栄治の養父、根岸の棟梁は粋でいなせな江戸の大工。栄治に押しつけられた札入れを欄干から威勢よく放ってしまう。

夜の浅草は凌雲閣のアーク灯や活動写真館の電飾が赤や青の光を放ち、妖しい雰囲気を漂わせていたという

夜の浅草公園

「ちょいとにいさん寄ってらっしゃいな、てえ女の手を、右に左にとすり抜けて、路地の魔窟をどう歩いたのかもわからねえ。行き着く果ては十二階を真上に仰ぐ袋小路。引手もいねえ銘酒屋のすりガラスの扉を、銀のステッキの柄でコンと押し開け、安吉親分はうって変わった山の手言葉でこう言った――」

（第二巻「目細の安吉」）

凌雲閣のふもとは「十二階下」と呼ばれる私娼窟《ししょうくつ》だった。小路が入り組んだ裏町では、夜ともなると客を呼ぶ密やかな声が響いた。安吉が秘密の会合のため訪れた銘酒屋とは飲み屋を装った売春宿。

大門は明治14年（1881）に作られた鉄門。アーチ上には竜宮の乙姫の像。明治末の大火で破損し、松蔵が足を運んだ頃は両側の鉄門だけだった

吉原

大門からまっすぐに延びる仲之町の通りには、道の中央にまだ蕾《つぼみ》の堅い八重桜の並木が続き、両側は二階の軒に揃《そろ》いの提灯をかけつらねた引手茶屋が立ち並んでいる。一足踏みこんで、まるで助六の舞台そのままだと松蔵は思った。

しかし、しばらく歩いてそれと直角に交わる江戸の街衢《がいく》に入ったとたん、松蔵はぎょっと立ちすくんだ。

広い道の両側に、まるで空を包み隠すような感じで、三階建のビルヂングがそそり立っていたのである。

どの建物も各階に石造りのベランダをめぐらし、ぐいと張り出した軒先に色とりどりの提灯をさげている。ふつうの西

大正時代の吉原。三階建ての洋風建築の遊廓が立ち並ぶ

洋建築の倍はありそうな高さの軒は、何か決まりごとでもあるのだろうか、一直線に道の涯てまでつながっていた。それぞれの建物の意匠は異なっているが、どれを見ても外界には有りえぬ奇妙な形をしていた。

それが、松蔵の初めて目のあたりにした「廓《くるわ》」の姿だった。（第一巻「白縫華魁」）

明暦三年（一六五七）に日本橋から浅草の北に移された幕府公認の遊廓《ゆうかく》、吉原。明治に入ってからも、時代と都も少しずつ変化をとげながら廓を維持しつづけた。衣装、作法など江戸文化の粋と華を凝縮した独自の文化を育んだが、さまざまな悲話もつきまとった。松蔵の姉さよも父に売られて吉原に来たのだった。

吉原一の大籬、角海老楼。時計台のある洋風建築が偉容を放つ。樋口一葉が吉原近く、竜泉寺町の住まいで執筆した「たけくらべ」にも登場する

角海老楼

二人はひときわまばゆい光に包まれた角海老《かどえび》の玄関を見下ろした。定紋《じようもん》を染めた白絹の幕が左右に開かれ、おびただしい笄《こうがい》を挿した髷《まげ》が現れた。

揺れるような喝采の中に、背筋のすっと伸びた若い華魁が立った。真紅の天鵞絨《ビロード》の、大輪の菊を描き出した大裲襠《おおうちかけ》の裾を握り、三枚歯の高下駄をあざやかな外八文字に切って白縫華魁が歩き出したとき、松蔵は化粧壁にかじりついて叫んでいた。

「ねえちゃん！　ねえちゃん！」

声は湧き上がる拍手と喝采にかき消された。

（第一巻「白縫華魁」）

江戸時代から身寄りのない遊女を供養してきた浄閑寺。明治時代につくられた山門が今も残る（写真は現在）

浄閑寺

「三ノ輪の高架線の下に、浄閑寺という寺がある。そこに行けばねんごろに供養をして、手厚く葬ってくれる」

「おいら、銭がねえんだけど」

「そんなものは要らない。もし坊さんに尋ねられたら、永井荷風の知り合いだと言いなさい」

「そこ、投げ込み寺なんか」

「そんなことはどうでもいいじゃないか。生まれては苦界、死しては浄閑寺。べつにお女郎ではなくとも、人はみな似たようなものだよ。つまらぬことにこだわってはいけない。さあ、行きなさい」

（第一巻「衣紋坂《えもんざか》から」）

〈コラム〉 凌雲閣（十二階）

「兄貴、今さら市内見物ですかい。あれへ昇るはおのぼりさん、てえ文句もありやすが」
六、七階まで昇ったころ、松蔵は息を入れながら訊いた。
「おのぼりしか昇らねえから都合がいいのよ」
栄治の低い声が煉瓦の壁にこだました。

（第一巻「百万石の甍」）

松蔵が栄治に連れられて、息をきらせて昇った凌雲閣は明治二十三年（一八九〇）十月開業。イギリス人技師バルトンの設計による地上十二階、高さ約五十二メートルの高楼で当時日本一の高層建築物。国内初のエレベーターも設置された。

このような〝登高遊覧〟施設は、明治、大正期に好まれた娯楽のひとつ。明治十八年の浅草寺五重塔修復の際、工事費用の一助となるよう料金をとって人々を足場に上がらせたのが原点らしい。その後も富士山を模した木造の山に登山道をつけた「富士山縦覧場」などが人気を博した。

凌雲閣は十階までが赤煉瓦づくり、十一、十二階は木造というつくり。さえぎるものとて何もない展望台で、松蔵はその高さにびくともせずにパノラマの眺望に驚喜する。

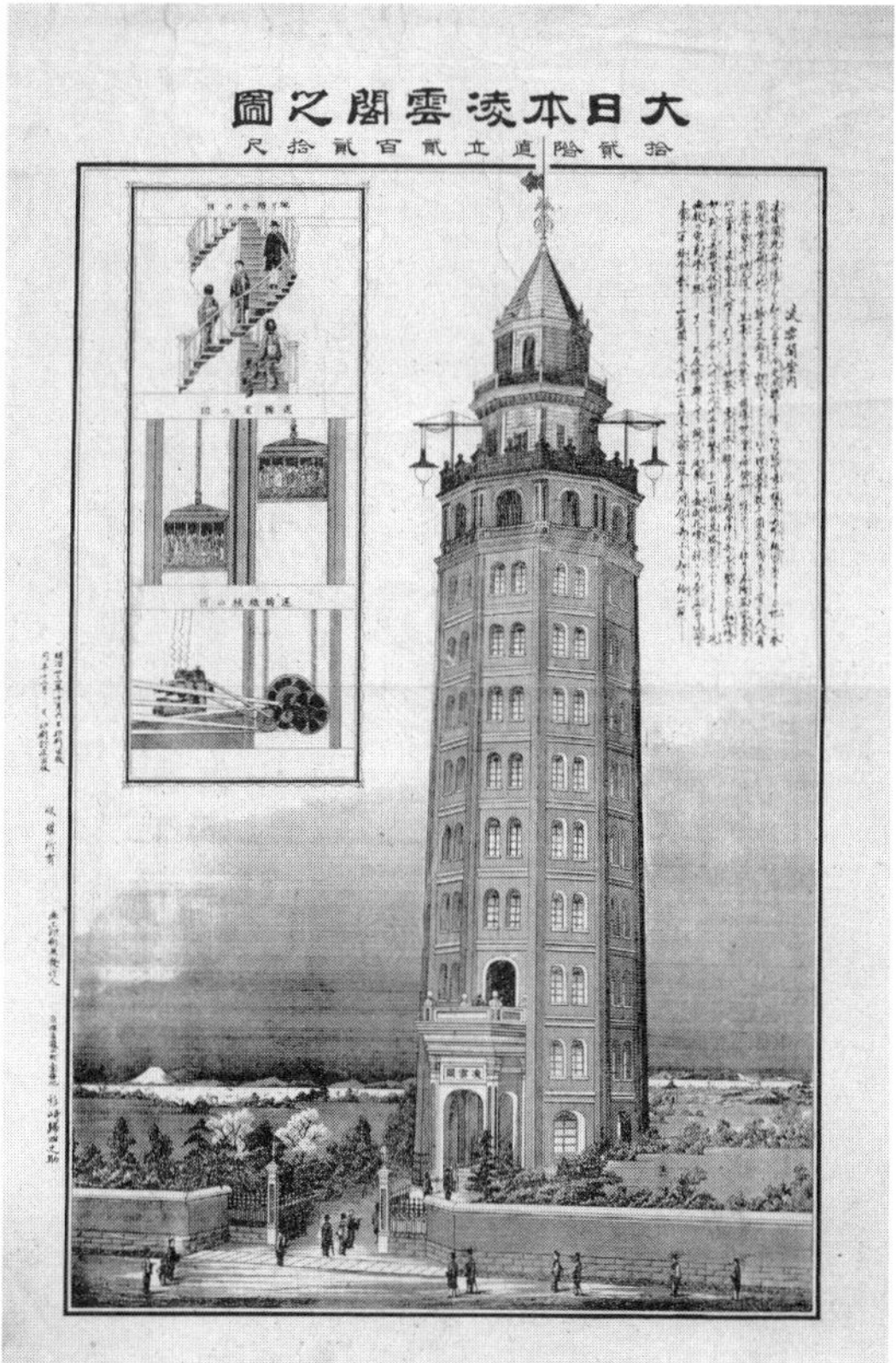

銅版画「大日本凌雲閣之図」明治23年（1890）

〈コラム〉 関東大震災後の浅草

松蔵は青いステンドグラスに額を押しつけて、昏れなずむ往来を眺めた。こうして見ると、震災後に様変わりしたのは銀座よりも新宿よりも、やはり浅草なのかもしれない。ポキリと折れた十二階は工兵隊が爆破した。大川の両岸には広い公園が造られた。昭和二年には地下鉄も引かれ、去年は吾妻橋も架けかえられて、神谷バーの向かいには白亜の御殿みたいな松屋デパートが開店した。

（第五巻「琥珀色《こはくいろ》の涙」）

大正十二年（一九二三）九月一日午前十一時五十八分、関東地方を大地震が襲った。地震の被害だけでなく、各所で起きた火災は東京と神奈川に甚大な被害をもたらし、死者十万五三八五人、焼失を含む全壊戸数は二十九万三三八七戸にのぼった。

松蔵が愛してやまない浅草は、浅草公園周辺をのぞいてほとんどが焼失。そんな中で火災をまぬがれた浅草寺はいっそうの御利益をもとめて人々の信仰がさらに高まっていったという。

復興事業によって、耐火にすぐれたコンクリートの町並みが出現したが、被害の大きかった浅草はそれだけ変貌も激しく、子供時代を庭のように駆け巡った町の変わりようを松蔵は切ない思いで眺めていたのかもしれない。

関東大震災で８階から上が折れた凌雲閣。
震災から約３週間後の９月23日、陸軍工兵隊により爆破された

昭和７年（1932）、航空機から見た浅草。右側の橋が吾妻橋、正面は新築の東武鉄道浅草ビルと浅草松屋

復興後の仲見世。昭和４年

昭和５年の地下鉄浅草駅出入口。地下鉄(上野～浅草間)は昭和２年暮れに開通

上野

松蔵少年が親友の並木康太郎に初めて出会ったのは上野公園の西郷隆盛像の下。ふたりはいつも上野で落ち合って、遊びに繰り出している。

上野の山は、江戸時代から徳川家の祈禱寺《きとうでら》である寛永寺《かんえいじ》の門前町として栄えた場所。いまも昔も桜や不忍池《しのばずのいけ》の蓮、季節の花が美しい景勝の土地である。幕末の戊辰《ぼしん》戦争で焼け野原となり、医学校の建設予定地になっていたが、この地を視察したオランダのボードワン博士が西洋風の公園をつくることを提案、現在の上野公園が開発された。

広い敷地内には栄治が天切りに挑む帝室博物館（現東京国立博物館）をはじめ、美術館や図書館、動物園などが次々とつくられた。明治十年（一八七七）の「内国勧業博覧会」を皮切りに、しばしば博覧会が催され、観覧車やウォーターシュートなどの新奇な娯楽が人々を驚喜させたという。上野は文化と芸術の先端を育むとともに、春のお花見に代表されるように、親しみ深い庶民の行楽地だった。上野精養軒や鰻《うなぎ》の伊《い》豆栄《ずえい》など、安吉親分が贔屓《ひいき》にしている店もこのエリアにある。

上野界隈
国際子ども
図書館
東京国立博物館
表慶館
旧東京音楽学校
奏楽堂
東京都美術館
上野動物園
国立科学博物館
旧寛永寺
五重塔
国立西洋
美術館
東照宮
上野公園
上野精養軒
東京文化会館
上野駅
上野の森
美術館
寛永寺
弁天堂
西郷隆盛像
地下鉄
上野駅
不忍池
下町風俗
資料館
伊豆栄
地下鉄
上野 御徒町駅
御徒町駅

上野駅は東京の北の玄関口。明治16年（1883）、上野〜熊谷間開通にあわせて開業した。写真は明治後期に改築された赤煉瓦づくり２階建ての駅舎

上野駅

「ステーションの屋根ごしに、上野の花がざっと散ってよ、夜行列車が汽笛を鳴らし、横なぐれの花を巻いてプラットホームに入《へえ》ってきたと思いねえ。仕立屋銀次はその桜の緞帳《どんちょう》の中をよ、銀ねずの大島の着流しに八反の平ぐけをきりりと締め、絹綾のコートを肩からばさりと羽織って、名残《なご》んの雪を積んだ夜汽車のデッキに姿を現した。そりゃあ子分ならずとも思わず頭が下がるてえほどの、てえした貫禄だったぜ——」

（第一巻「闇の花道」）

安吉の尽力で網走を釈放された銀次。上野駅で再会したふたりを策謀が襲う。

上野公園

酒まで飲まされてすっかりいい気分になった松蔵は、広小路に向かって張り出した西郷隆盛の銅像の下で、しばらく酔いを醒ました。（中略）ふいにベンチのかたわらで本を読んでいた学生服に声をかけられた。（第一巻「白縫華魁」）

西郷隆盛像は明治31年（1898）建立。除幕式は山県有朋、勝海舟らが参列し盛大に行われた。東京見物には欠かせない観光名所だった

本郷の書生常の下宿にお使いに行った帰り、花も盛りの上野の山にまわった松蔵少年。西郷像の下で並木康太郎と知り合う。慶鷹中学に通う坊っちゃんで、吉原の大店《おおだな》、左文字楼《さもんじろう》のひとり息子。ふたりは出自や境遇の違いを超えて、かけがえのない親友になる。

江戸時代から蓮の名所として知られる不忍池。奥に見えるのが弁財天を祀る不忍弁天堂。本堂は江戸期の建造で震災にも耐えたが、東京大空襲で焼失した

不忍池

「私っちァ十七の春にゆえあって、不忍池の弁天様に願かけた。金輪際、男にァ頼らねえ。たとえどんなにいい男だって、私っちを女だと見くだす野郎には、惚《ほ》れもしねえ抱かれもしねえ。意地と度胸で、男どもが片っ端から腰を割って仁義を切るような、女の中の女になってやる。このあかしさ。さ、遠慮はいらねえ。このときの誓いの弁財天のモンモンは、そんときの誓いのあかしさ。さ、遠慮はいらねえ。この裸きっちり描いて、しのさんを極楽往生さしてやりない」　（第三巻「宵待草」）

モデルにと懇願され、訪れた夢二のアトリエで諸肌脱いでおこんが切った啖呵《たんか》。

上野精養軒は明治９年（1876）開業のフレンチレストラン。鷗外や荷風など多くの文人たちに愛された

上野精養軒

「なあ栄治。こんな昼日中からおめえを呼びたてたのァ、他でもねえ」

安吉親分は縁なし眼鏡の底の鋭い目を冬の日にいっそう細めながら、そう言って葉巻をくわえた。

上野の山から不忍池に向かってせり出した、精養軒のテラスである。中折れ帽を風除けにして、差し出されたマッチの火を受けると、親分は松蔵に向けて細い顎を振った。　（第一巻「百万石の甍」）

フランス料理を前に栄治の実父の申し入れを切り出す安吉。根岸の棟梁を父と慕う栄治には、それは到底了簡《りようけん》できない中味だった。

〈コラム〉 東京国立博物館表慶館

「時は大正十一年春、所は八重九重の桜も散って、青葉若葉のこんもりと生い繁る上野の山。さる明治四十一年に片山東熊《かたやまとうくま》がこさえた帝室博物館表慶館前《めえ》の芝生に、白い麻背広の栄治兄ィと俺、もうひとりみなさんおなじみの説教寅こと寅弥兄ィが見物客を装って、こうして煙草《たばこ》を吹かし、ラムネでも飲んでいたと思いねえ」（第三巻「大楠公の太刀」）

黄不動の栄治はある春の夜、よんどころないわけあって、帝室博物館表慶館の天切りに挑む。東京国立博物館の正門を入って左手、今もたたずむ優美な建物である。

表慶館は皇太子（のちの大正天皇）の成婚を記念して明治四十二年（一九〇九）開館。東宮御所（現在の迎賓館）などを手がけた宮廷建築家片山東熊の設計、明治を代表する洋風建築である。関東大震災でも倒壊をまぬがれ、国の重要文化財に指定されている。

中央と左右にいただく緑青色の美しいドーム、楽器などをモチーフにした外壁の装飾。内部に入れば、大理石がモザイクに組まれた床面や滑らかな曲線を描く階段、荘厳な趣きの天井画など見どころは尽きない。

ドーム屋根の葺《ふ》き替えや天井画の修復などを行った「平成の大修理」で内装も創建当時の状態に復元された。現在は一階の一部のみ休憩スペースとして利用できる。

○東京国立博物館

台東区上野公園十三—九（ハローダイヤル　〇三—五七七七—八六〇〇）

開館時間　九時半～十七時（入館は十六時半まで）※催事の都合により変更の場合あり。

休館日　月曜日（祝日の場合は翌日休館）、年末年始

アクセス　ＪＲ上野駅公園口から徒歩十分

(上)表慶館外観／(下)正面玄関入ってすぐのホールでドームを見上げる

本郷

安吉一家の金庫番、書生常こと常次郎は東京帝大法科の贋《にせ》学生。第三巻まで帝大近くの菊坂の学生下宿に住んでいる。常次郎のもとへ、しょっちゅう使いにやられる松蔵少年にとっても、本郷は親しい町だ。

江戸時代には武家屋敷が立ち並んでいた文京の地。なかでも本郷の加賀前田藩上屋敷は、深い緑に包まれた十万坪を超える敷地を擁し、威風堂々たるたたずまいだった。明治十年（一八七七）、湯島にあった旧幕府直轄の開成学校、医学校がこの地に移転、東京帝国大学が創立された。最高峰の知性が集い、学生下宿や書店が軒を連ね、本郷は大学町として発展していく。樋口一葉をはじめ、森鷗外など多くの文人も本郷やこの周辺の界隈《かいわい》に暮らした。

東大構内の一画には、明治の末頃、日本館とルネッサンス風西洋館からなる前田侯爵家の新邸宅が建てられた。この壮麗な屋敷を栄治は天切りする。その夜、前田邸の屋根に立つ栄治の姿を、松蔵は本郷通りを走る市電の窓から目撃した。

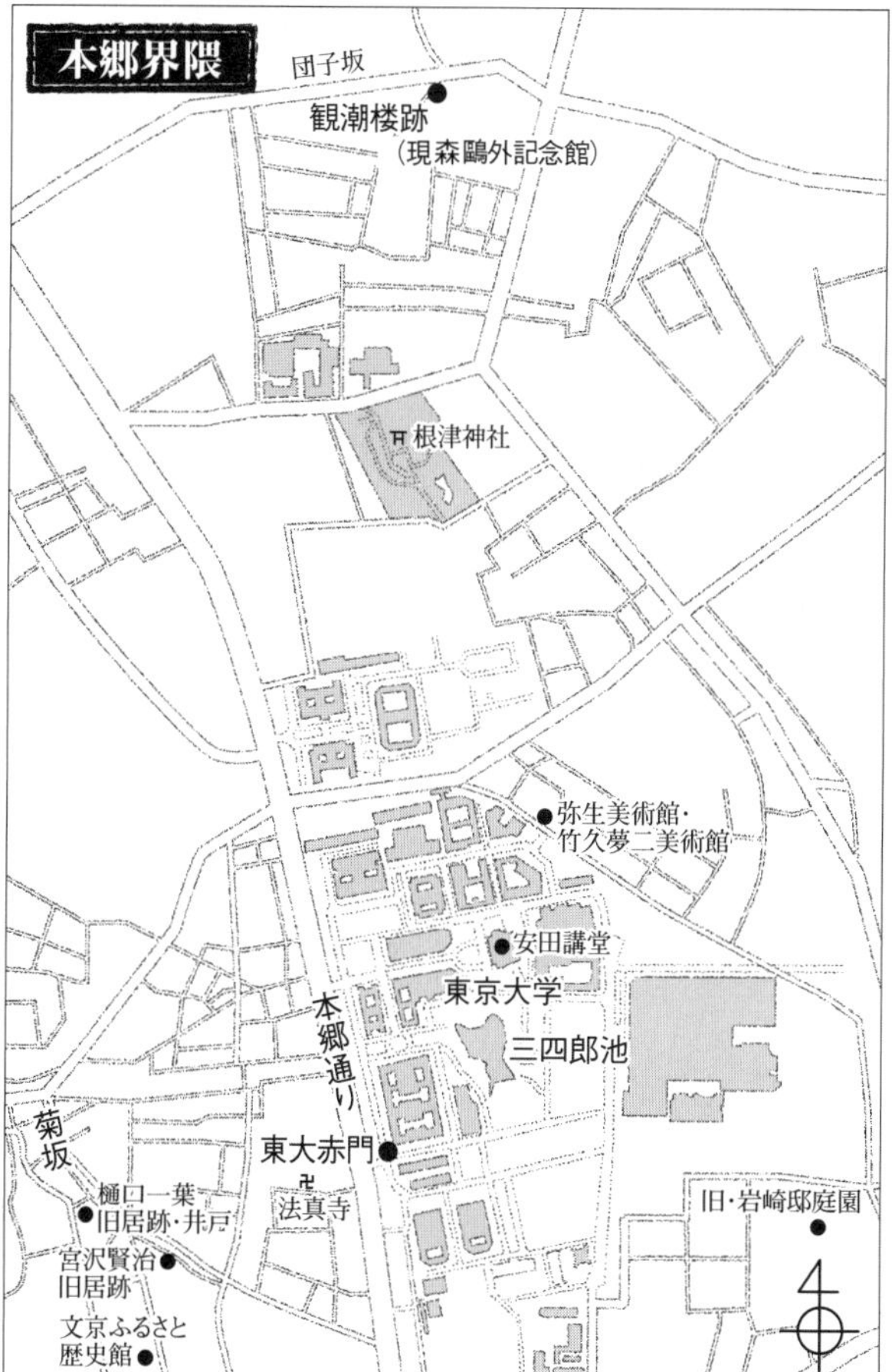
本郷界隈
団子坂
観潮楼跡
（現森鷗外記念館）
根津神社
弥生美術館・
竹久夢二美術館
安田講堂
東京大学
本郷通り
三四郎池
東大赤門
菊坂
樋口一葉
旧居跡・井戸
法真寺
旧・岩崎邸庭園
宮沢賢治
旧居跡
文京ふるさと
歴史館

本郷の中心部である本郷３丁目の交差点から東京帝大の方向を望む。市電の線路がうっすらと見える。大正２年（1913）以前の撮影

本郷通り

本郷三丁目で市電をおりると、松蔵はしばらく十文字の角に佇《たたず》んで、赤と青の手旗を持った旗振りの動きを眺めていた。銀ねずの磨《す》りガラスを張ったような冬のたそがれどきである。

黒い外套《がいとう》を着た旗振りが大仰な動作でふるう赤と青は、色のない季節の中の花のようで、市電も自動車も人力も馬車も荷車も、みなその指図の通りにゴーストップをくり返す。（第二巻「百面相の恋」）

商家の小僧のなりでお使いにでた松蔵。本郷通りにたたずみ、生まれ変わったら市電の旗振りになりたいと夢想する。

帝大の象徴、赤門。かつて加賀前田藩の上屋敷だった頃の名残り。徳川家の息女が前田家に輿入れした際に建造された

東京帝国大学

「へい、がってんです、と俺ァたちまち梯子段《はしごだん》を駆け下り、池之端《いけのはた》から切通坂《きりどおしざか》、龍岡町《たつおかちょう》から三丁目に出るのァ面倒くせえてえんで、帝大病院の庭をつっ切って、赤門から本郷通りへと飛び出たとたん、おっとどっこい、銀杏《いちょう》並木の向こうから当の常兄ィが分厚い洋書なんぞ読みながら歩ってくるじゃあねえか——」

（第三巻「共犯者」）

書生常は帝大法科の学生を騙《かた》るとびきりの秀才。ある事件をめぐって安吉に疑いをかけられた常を、松蔵が帝大まで呼びに走る。この後、常は出かけていった伊豆栄の座敷であざやかな啖呵を切る。

菊坂

市電通りを帝大の赤門に向かって少し歩き、ハイカラな西洋料理店の角を曲がると、商店の並んだ緩い坂が下っている。
昏れかかる道の先から凩《こがらし》が吹き上がってきて、松蔵はひび割れた頬に両手を当てた。

（第二巻「百面相の恋」）

江戸時代に菊畑があったことから菊坂と呼ばれるように。路地の一画にある一葉の旧居跡には、いまも当時使われていた井戸が残る（写真は現在）

常の住まいは本郷菊坂の路地、気のいい戦争未亡人が営む小さな学生下宿。その家の娘、御茶の水の女子師範に通う静子に惚れられている。

ここ菊坂には樋口一葉も明治二十三年（一八九〇）から約三年間、母と妹とともに住んでいた。

常と静子がなぞらえられた新派劇の中心地が本郷３丁目にあった本郷座。明治時代に川上音二郎一座の公演で名をあげた。写真は明治の末頃

本郷座

「あれァたしか春四月、本郷帝大の三四郎池のほとりで、花も盛りの宵の口に、常兄ィとお静ちゃん、どういうわけかお邪魔虫の俺が、水面《みなも》に映る朧《おぼ》ろ月を、ぼんやり眺めていたと思いねえ。常兄ィは紺《こう》の絣《かすり》に小倉の袴《はかま》、お静ちゃんは銘仙に海老茶袴てえ、何とも古めかしいランデブーだが、そこは世にも稀《まれ》なる美男美女、本郷座の芝居で言うんなら、さしずめ井上正夫に花柳章太郎の新派劇てえところだろうかい――」（第二巻「百面相の恋」）

下宿屋の窮地を救った書生常。好意を示しながら態度がはっきりしない常に、下宿のひとり娘、静子が答えを迫る場面。

しばらく目を閉じてから、老人は子供が駄々をこねるような言い方で、ぽつりと不満を口にした。

「ゆっくり小説が書けると思っていたのにな。ばかばかしい」

晩春の夕闇が、観潮楼の奥座敷に若葉の匂いのする風を運んできた。


（第三巻「大楠公の太刀」）

〈コラム〉**観潮楼（文京区立森鷗外記念館）**

晩春のある日、安吉親分は紋付袴の正装で、永井荷風に伴われ駒込千駄木町の観潮楼におもむく。森鷗外の住まいである。

鷗外は明治二十五年（一八九二）から大正十一年（一九二二）に六十歳で没するまでの三十年、この小高い千駄木の地に住んだ。鷗外と安吉親分との問答にも登場する『渋《しぶ》江抽斎《えちゆうさい》』はじめ、鷗外の代表作の多くが生まれた場所である。

二階の十二畳では与謝野鉄幹、斎藤茂吉らが集い「観潮楼歌会」が催された。約三百二十坪の敷地に四季の植物を豊かにとりいれた庭があり、鷗外は開花した花の名を日記に丹念に記した。多忙を極めた鷗外は庭の草花を愛で、ひとときくつろいだのだろうか。

家屋は昭和に入って焼失したが、幸田露伴、斎藤緑雨と写真を撮った庭の銀杏や石は当時のまま。現在は森鷗外記念館が建ち、鷗外関係の展示、資料収集を行っている。

○文京区立森鷗外記念館
文京区千駄木一丁目二三―四（電話　〇三―三八二四―五五一一）
開室時間　十時〜十八時（入館は十七時半まで）
休館日　第四火曜日、年末年始、展示替え期間等
アクセス　地下鉄千代田線千駄木駅より徒歩五分

（上）観潮楼正門／（下）庭にて。左から鷗外、露伴、緑雨の「三人冗語」同人。鷗外が腰かけている石は今も庭に残る

銀座

銀座のカフェ・インペリアル。安吉一家が月に二回顔を揃える場所である。明治時代に銀座に出現したカフェは、洋行帰りのインテリや文人が集う文化サロン。このハイカラな街は商店のバリエーションも豊富で、「銀ブラ」という言葉も生まれた。「銀座」の名は、江戸時代に幕府の銀鋳造所があったことに由来する。明治五年（一八七二）の大火で街は焼き尽くされるが、明治七年、煉瓦づくりの建物に、街路樹や歩道を配したこれまでになかった街並みが完成する。最初こそ西洋風なたたずまいが敬遠されたが、文明開化の流れにのって、新聞社や進取の気象に富んだ商店が進出し、時代をリードする街になっていった。

関東大震災の被害は甚大だったが、その復興は迅速で目をみはるものがあった。デパートも続々と建てられ、大正から昭和初期に花開いたモダニズム風俗と消費文化の最先端がこの街で繰り広げられた。おこん姐さんは松屋デパートでのお買い物がお気に入り。青年になった松蔵も、モボを気取って銀ブラすることもしばしばだ。

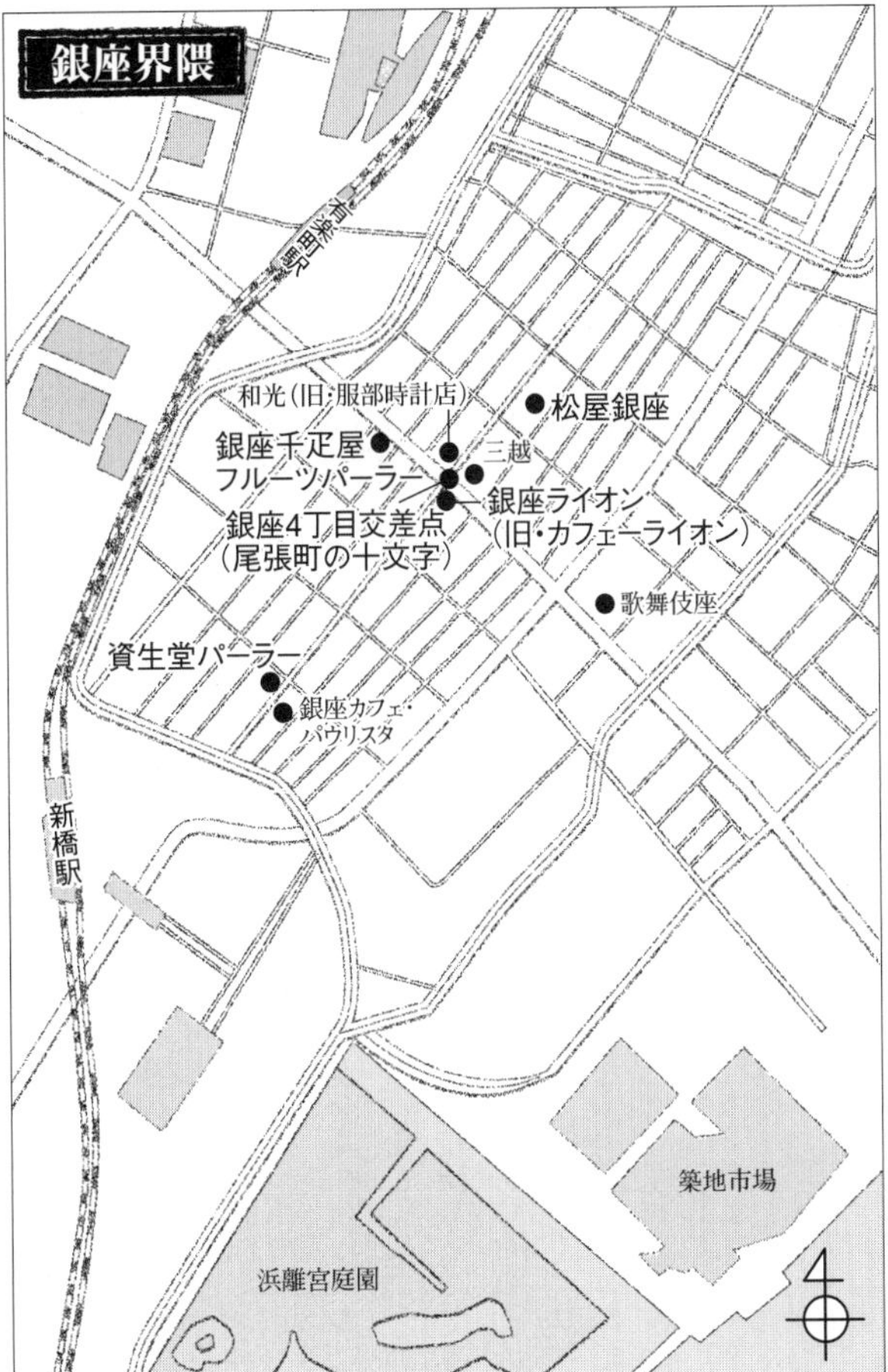
銀座界隈
有楽町駅
和光（旧・服部時計店）
松屋銀座
銀座千疋屋
フルーツパーラー
三越
銀座ライオン
（旧・カフェーライオン）
銀座4丁目交差点
（尾張町の十文字）
歌舞伎座
資生堂パーラー
銀座カフェ・
パウリスタ
新橋駅
築地市場
浜離宮庭園

大正時代の銀座４丁目交差点。左手に見えるのが、明治27年（1894）に完成した服部時計店の時計塔（現在の和光の場所）

尾張町の十文字

「ころは春三月、銀座の柳も若葉を垂らして、そよそよと生ぬるい風に吹かれる朝のこった。尾張町の十文字といやァ、今の銀座四丁目、カフェ・ライオンの玄関前は、今じゃ車屋のショウ・ルームになっていやがる。（中略）おこん姐御《あねご》と連れ立って尾張町の停留所に降り立ってみれァ、待ち合わせの芸者衆の中にぽつんとひとり、まったく錨《いかり》でもおろしたみてえに軍服姿の中尉殿がつっ立っているじゃあねえか――」　（第二巻「花と錨」）

海軍士官の峯岸《みねぎし》に求婚されたおこん。心を決め、松蔵を伴って、銀座尾張町で返事を待つ峯岸のもとに赴く。

銀ブラ風景

日盛りの往来はふしぎな色と形に歪《ゆが》んでいる。風にそよぐ柳の葉が、墨流《すなが》しのように螺旋《らせん》を描く。白絣の袖もパナマ帽も、人々の歩みに合わせて伸びたり縮んだりする。手にした扇子の翻るさまは、まるで無数の白鳩が胸元にはばたいているようだ。

（第一巻「槍《やり》の小輔《こすけ》」）

大正時代の銀ブラ風景より。宝石店のショーウィンドウを熱心にのぞきこむ。日傘は当時の女性たちの実用とおしゃれを兼ねた必須アイテム

安吉一家が贔屓するカフェからの景色。ハイカラな店が立ち並ぶ銀座は、ただぶらぶらと街歩きを愉《たの》しむ人も多く、大正時代には「銀ブラ」という言葉も生まれた。松蔵も銀座の町に来る時は親分のお下がりの背広を着こんでおめかしする。

関東大震災で壊滅状態となった銀座はまたたく間に復興し、モダン東京の華やかな舞台となった。写真は昭和７年（1932）頃の銀座４丁目交差点

震災後の銀座

「モガとモボなら、日に何べんもすれちがっているわ。さ、行きましょ。じきに日が昏れちまう。銀座が一等きれいな時間よ」

松蔵の腕にステッキのようにぶら下がって、女はペーブメントを歩き出した。服部時計店の工事現場の、リヴェットを打ちこむ不粋な音が消え、かわりにカフェー・ライオンのスピーカーから陽気なジャズが流れてきた。シボレーやパッカードが、ピカピカに磨き上げた車体にネオンを背負って走り去ってゆく。

（第四巻「尾張町暮色」）

資生堂パーラーの前身は明治35年（1902）開業のソーダファウンテン。その後本格的な西洋料理も供するように。写真は昭和に入って改装された店内

資生堂パーラー

「さて、その伝《でん》で言うんなら銀座八丁目じゃあなくって、出雲町の角っこに真白な化粧壁も初々しい資生堂のアイスクリーム・パーラー。その人目につかぬ二階桟敷のボックスに、振袖おこんの大姐御とかつて知ったる女掏摸《すり》、人呼んでフラッパアのお銀が差し向かいで、三色アイスでも舐めていたと思いねえ――」

（第四巻「尾張町暮色」）

かつての妹分、玉の輿にのったはずのお銀と、松屋デパートでうら悲しい再会をしたおこん。お銀のへまを繕ったおこんは、資生堂パーラーに誘い、彼女の苦い結婚生活の有り様を知る。

丸の内

松蔵の姉さよは、松蔵が大学を出て丸の内のお堅い勤め人になることを何より願っていた。

丸の内はかつて大名屋敷が立ち並んでいた一帯。明治政府が三菱《みつびし》財閥に売却した当時は見渡す限りの野原で「三菱ケ原」と呼ばれたが、ここに三菱は「一丁倫敦《ロンドン》」と呼ばれる煉瓦づくりのオフィスビル街を完成させる。大正三年（一九一四）に東京駅が開業すると、その利便性から、大正十二年に「丸の内ビルヂング（丸ビル）」が竣工。以降、日本を代表する企業、銀行が続々と軒を連ねる壮観なビジネス街が出現する。さよが松蔵に思い描いた「丸の内のサラリーマン」とは、スノッブで安定した都市生活を送るエリートの代名詞だった。

皇居を右手に仰ぎながら日比谷方向に進むと、第四巻で書生常が住まいにしている帝国ホテルが、さらにお濠《ほり》沿いに三宅坂を目指せば相沢中佐が事件を起こす陸軍省跡（現在は憲政記念館が建つ）が見えてくる。

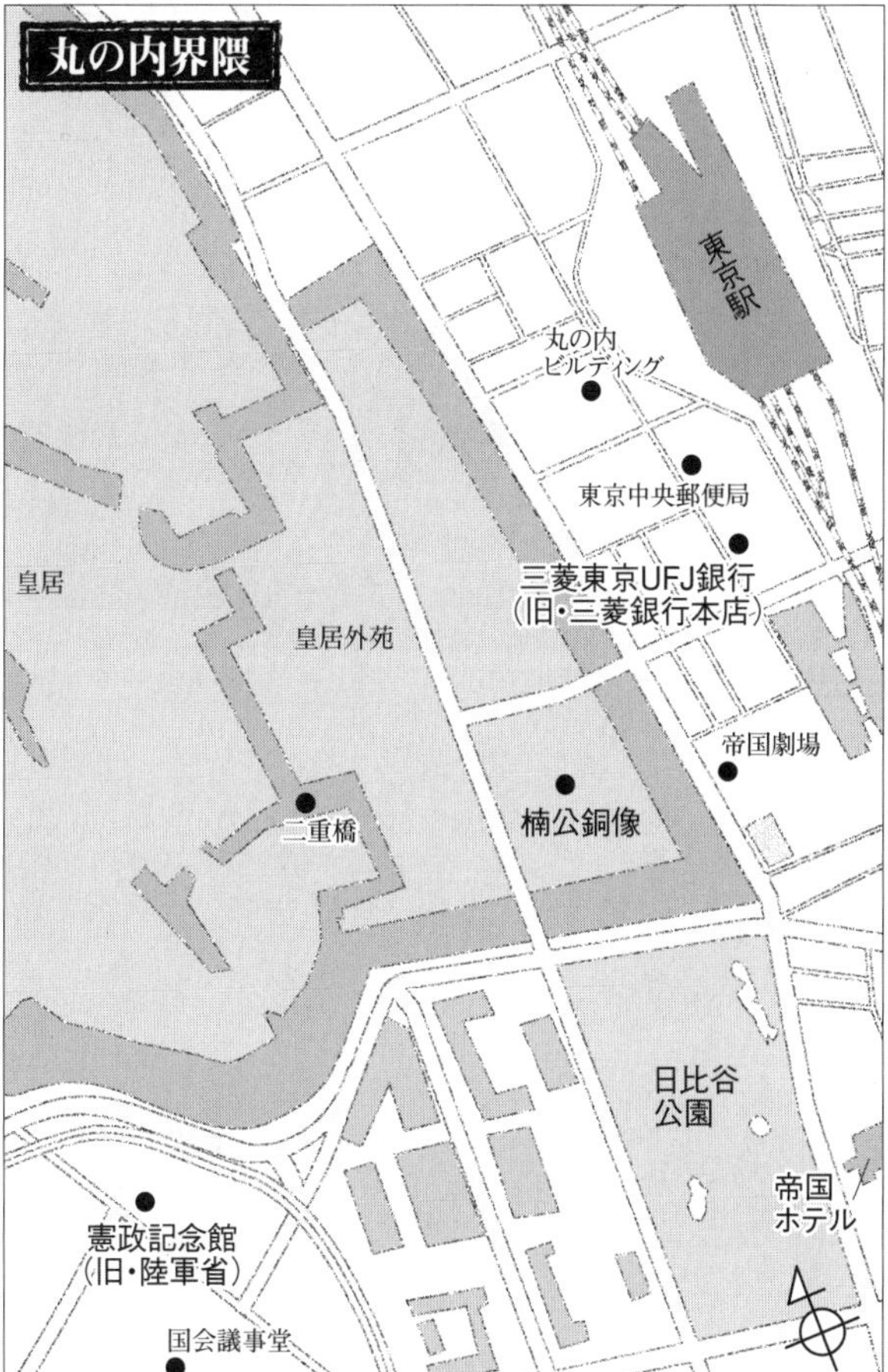
丸の内界隈
東京駅
丸の内
ビルディング
東京中央郵便局
三菱東京UFJ銀行
(旧・三菱銀行本店)
皇居
皇居外苑
帝国劇場
二重橋
楠公銅像
日比谷
公園
帝国
ホテル
憲政記念館
(旧・陸軍省)
国会議事堂

大正３年（1914）竣工、辰野金吾設計の赤煉瓦造り３階建て。左右のドームは第二次大戦中の空襲で焼失したが、平成24年（2012）に復元工事が完成

東京駅

丸の内の中央改札をぐるりとめぐるステーションホテルの廊下から、松蔵はドームの下の円い広場を見おろしていた。

天窓から射し入る午後の光が、目の高さのシャンデリアを透かして、広場のモザイク床を七色に輝かせている。東京にもこんな美しい場所があったのだと、松蔵は初めて知ったような気がした。

（第二巻「目細の安吉」）

白井検事の求めに応じ、警視総監を出迎えに東京駅にやってきた安吉親分。銀次の跡目をとれ、としつこく迫る官憲にどう応酬するのか、松蔵は東京駅の回廊にたたずみ、親分の姿を探していた。

二重橋は皇居正門と宮殿を結ぶ橋。江戸時代にもうけられ、明治21年（1888）に鉄橋となった

皇居

「余計なことまで気を回すでない。二重橋で馬車が待っておるのだ」

ボーイの開けたハイヤーのドアから、松蔵は転げこんだ。常兄ィが勲章をがしゃがしゃと音立てながら乗り込む。

「宮城《きゅうじょう》へ」

「は？」と、運転手は振り返った。

「宮城だ。二重橋へ向かえ」

（第二巻「百面相の恋」）


下宿先の母娘の危急を救うため、常次郎が今回扮するのは、上海帰りの若き子爵閣下だ。帝国ホテルでみごとな芝居を繰り広げる常次郎。松蔵も冷汗をかきながら一役かうことに。

楠木正成像。現在も皇居外苑にある。当時は観光名所のひとつでこの絵葉書にも学生帽の少年や職人風の男、インヴァネスの紳士などがみえる

楠木正成像

「やい栄治、てめえの言ったご無理がいってえどれほどのもんか、俺が苦心している間に宮城前《めえ》の大楠公に詣でて手でも合わせてきやあがれ。馬場先門で電車を降りて左に歩けァ、楠木《くすのき》正成《まさしげ》公は大正の今でも小龍《こりゅう》景光《かげみつ》の刀を腰に吊るして、ハッシドウドウと馬をせかしていなさる。まったく、ご苦労なお方だの」

（第三巻「大楠公の太刀」）

栄治の幼なじみ、結核で死の淵にいる赤坂の芸者、小龍。彼女の名は楠木正成が愛用した名刀「小龍景光」に由来する。その実物をひとめ見せてやりたいという栄治の願いに安吉親分がひと肌脱ぐ。

大正11年（1922）に竣工した三菱銀行本店。この丸の内馬場先通りの一帯は「一丁倫敦」と呼ばれ、壮麗な三菱財閥のオフィスビルが立ち並んでいた

三菱銀行本店

「いいか松公。一幕をおえたら、立役者は花道から退《ひ》くもんだ。ましてやこんだけの祝儀をポイと投げてよこした菱のお大尽にゃ、派手な飛び六方《ろっぽう》でも見せてやらずばなるめえよ。てめえも勧進帳の片棒かついだ九郎判官《くろうはんがん》なら、左団次の大見得ぐれえは、舞台《ぶてえ》の袖で見ていやがれ」

新装なった三菱銀行本店は、ギリシャの神殿もかくやはと思われる豪壮な石造りである。天を衝《つ》くほどの円柱の麓を、ハイヤーはゆっくりと通過した。

（第二巻「百面相の恋」）

三菱を的に大仕事に挑んだ書生常。本店のビルディングに大見得を切る。

丸の内のオフィス街

丸の内のビル街に五時のサイレンが鳴り響くと、プラタナスの並木道の両側はたちまち黒い蝙蝠傘《こうもりがさ》で埋まった。（中略）大手門から丸の内一丁目へと続く大通りは、北側に安田銀行と朝鮮銀行、南が第一銀行、台湾銀行、横浜正金銀行と続く大銀行街である。（第四巻「尾張町暮色」）

昭和10年（1935）頃の丸の内のオフィス街。大正3年（1914）に東京駅が開業すると、丸の内にはアメリカ風の高層オフィスビルが次々と登場した

お銀の元夫、津村は第一銀行に勤めるエリートサラリーマン。津村ともまんざら知らぬ仲でもないおこんが、妹分のお銀の悲しみを晴らすため、ささやかな復讐を企んで、丸の内のビジネス街に姿を現す。

日比谷公園は日本初のドイツ式庭園。元は大名屋敷だった。明治36年（1903）開園。写真は昭和３年（1928）、日比谷交差点から公園方向を見る

日比谷公園

「あ」と、頓狂な声を上げて、後藤が背中を伸ばした。
日比谷公園の門前に、大きな看板が掲げられていた。
喜劇王チャップリン來日記念上映會
（第五巻「ライムライト」）

昭和七年（一九三二）五月十五日、犬養首相暗殺をもくろみ官邸に向かう円タクから、沢山の人が公園の中へ吸い込まれていくのが見てとれた。後藤と同じく陸軍士官候補生の花輪は、将校たちと行動を共にするも、彼らの意図がわからないでいた。なぜ弱い者の味方であるチャップリンをも標的にしようとするのか。

〈コラム〉 帝国ホテル

「おはようございます、本多先生」

支配人が満面の笑顔でご機嫌伺いにやってきた。実はこの支配人だけは常兄ィの正体を知っている。（中略）それでもけっして秘密を洩《も》らさず、無駄口も叩《たた》かず、贔屓の引き倒しにならぬところはさすが天下の帝国ホテルである。江戸ッ子の粋がこのホテルの隠し味であると、気付く客は少ない。（第四巻「日輪の刺客」）

第四巻の舞台は昭和の帝都。書生常は「東京帝大法学部教授・本多常次郎」を名乗って帝国ホテル旧館、通称ライト館の特等客室に住んでいる。支配人とも昵懇《じっこん》の仲だ。帝国ホテルは明治政府の肝煎《きもい》りで明治二十三年（一八九〇）に開業した日本初のグランドホテル。書生常が住むライト館は米国の建築家フランク・ロイド・ライトの設計で、大正十二年（一九二三）竣工。大谷石を用いた石組と意匠をこらした繊細な装飾が重厚かつ華麗な空間を作り上げた。時まさにモダン東京の黄金期、ライト館のダンス・パーティやジャズの演奏、欧米仕込みのレストラン等がスノビッシュな人々の心をとらえた。

同時にここは日本の中枢が集う社交場でもあった。第四巻では永田鉄山がバンケットプロムナードで胸のうちを密かに語る。そんな場面も実際にあったかもしれない。

帝国ホテル旧館、通称ライト館全景。昭和42年（1967）に解体、メインエントランス部分が愛知県犬山市の明治村に移築された。
「東洋の宝石と謳われたライト館のファサードを駆け出ると、春の匂いのする宵だった。ホテルの両翼がくるみこむような長四角の蓮池には、まだ固いけれど白い蕾が、頭上の満月を恋うように浮かんでいた」（第四巻「王妃のワルツ」）

ライト館アルバム

安吉一家が大活躍する帝国ホテル旧館、通称「ライト館」。館内を見てみよう。

スイート
「東京帝大法学部教授、本多常次郎先生のおわしまする特等客室は、日比谷公園の噴水ごしに大内山の森を見はるかす絶景、常兄ィはだだっ広い部屋の安楽椅子で、丸めがねをかしげて洋書なんぞ読みながら、不機嫌そうに俺を睨みゃあがる——」(第四巻「昭和侠盗伝」)

中庭
「帝国ホテルライト館の中庭には、朝の光が弾んでいる。特等客室のベッドで目覚めると熱いシャワーを浴び、日比谷公園を散歩してから中庭に面したテラスで朝食をとるのが、怪盗『百面相の書生常』の日課である」(第四巻「日輪の刺客」)

バンケットルーム
「人々のねぎらいの言葉にうつろな笑顔を返しながら、お姫様は広いバンケットルームを見渡した。フランク・ロイド・ライトの手になる壮麗な石組みの下では、寄り集う人々がまるで人形のように小さい」（第四巻「王妃のワルツ」）

メインダイニング
「帝国ホテルの大食堂は満席である。安吉親分と常兄ィは黙りこくってビーフステーキを食べているように見えるが、実はテーブルの外には洩れぬ闇がたりで話していた」（第四巻「日輪の刺客」）

バンケットプロムナード

抜弁天

その家は抜弁天の坂を途中で左に折れた、屋敷町の一角にあった。黒塀が広い敷地を囲み、枝振りの良い松や欅《けやき》の大樹が、路地の空を被っていた。立派な長屋門を抜け、敷石を渡って玄関に立つと、父は盲縞の前を整えて人を呼んだ。（第一巻「闇の花道」）

現在の抜弁天（厳島神社）。302号線と抜弁天通りが交差し、激しく車が行きかう場所にひっそりとたたずむ

第一巻第一夜、松蔵が父に連れられて初めて安吉が住む抜弁天の屋敷を訪れる場面。松蔵はその場で安吉に引き取られ、一家の部屋住みとなった。一家はこの後しばらくして抜弁天を引き払い、鳥越の棟割長屋に引っ越すことになる。

旧・両国国技館は明治42年（1909）竣工。東京駅を手がけた辰野金吾らによる西洋風建物。外観から「大鉄傘」と親しまれたが昭和58年（1983）解体

両国国技館

両国国技館は満員御礼の盛況である。

「ええ、次なる取組は筑波嶺《つくばね》に大八洲《おおやしま》ですかい。これァなかなかの顔合わせだ。どうです、そしたら私《あつし》ァ、筑波嶺に十円。どうです、親分」（第五巻「ライムライト」）

江戸時代に両国・回向院で始まった相撲興行は、時代が移り変わっても江戸っ子の楽しみのひとつ。

昭和七年（一九三二）五月十五日の今日は、安吉と寅弥が枡席に陣取っていた。時ならぬ大喝采に何事かと見れば、なんと二階桟敷の特等席にチャップリンがあらわれたのだ――。

日本ハリストス正教会の大聖堂、ニコライ堂。明治24年（1891）竣工した。ロシア風ビザンチン様式の聖堂建築（写真は現在）

ニコライ堂

扉を開け放ったニコライ堂から、讃美歌が流れ出ていた。

「別れの朝にゃおあつらえ向きのアヴェ・マリアだ。キリストさんの粋なおはからいかね」

おこんは懐から手鏡を取り出すと、空に向いて髪を撫でつけた。

「おまえ、ここで待ってな。子供に見せるもんじゃない」（第三巻「宵待草」）

夢二の美人画に夢中のおこん、銀座で出会ったその日に、ニコライ堂でランデブーの約束をする。しかしそれでのぼせるようなおこんでは、無論ないのだった。

昭和６年（1931）の成城学園前駅。成城学園関係者の肝煎りで駅が設置され、学園都市として開発が進んだ

成城学園前

「武蔵野の雑木林も錦に染まる昼日中、新宿駅から小田急で伸《の》しましたるは、東京市下世田谷町、改め東京市世田谷区は成城学園前のお屋敷町を、ホームスパンの三ツ揃いにボルサリーノを小粋にかしげた黄不動の栄治とその舎弟が、的を尋ねてぶらぶらと、歩っていたと思いねえ」

（第五巻「琥珀色の涙」）

栄治と松蔵が探す根岸の棟梁の手になる花清の邸宅は昭和二年（一九二七）開通の小田急線沿線の新興の住宅地にある。

安田銀行の行員になりすまし、探しあてたその先に目を疑うような代物があらわれた。

写真は昭和戦前期の海岸通りの絵葉書。ホテルニューグランド、コリント様式の横浜郵船ビルなどいまも往時のたたずまいを伝える

横浜・海岸通り

海岸通り《バンド》には見たこともないくらいたくさんの高級車が止まっていた。どの車も漆塗りのようにぴかぴかだ。
先帝陛下の喪が明けると、巷《ちまた》にはまっさきに陽気なジャズとネオンサインが戻ってきた。満艦飾のホテルから、ビング・クロスビーの甘い歌声が溢れ出ている。

(第五巻「月光価千金」)

求婚者、住之江男爵との約束通り海岸通りにあらわれたおこん。ホテルニューグランドで開かれる新年ダンス・パーティで返事を聞かせてほしいと言うのだ。おこんは、ドレスの裾をひるがえして舞うようにペーブメントを歩みだした——。

ホテルニューグランド屋上より昭和戦前期の風景。眼下に山下公園、左手奥に大桟橋。明治竣工の大桟橋は海外航路の一大拠点で改造を経ていまも現役

横浜港

公園の花壇には、真冬にもかかわらず赤い夜光の花が咲いていた。（中略）「ハネムーンは、ハワイに行きましょう。ほら、あそこから船に乗って」

住之江の指さす大桟橋には、見たためしもない大型客船が停泊していた。

（第五巻「月光価千金」）

ホテルニューグランドの玄関でおこんを待ち構えていた住之江。美貌と安吉親分仕込みのダンスで、パーティの花となったおこんだが、なぜか気持ちは晴れない。月明かりの公園のベンチで、「迷っていたら、成就する恋はありません」と言う住之江におこんの返事は――。

〈コラム〉

ホテルニューグランド

「つきましては、明日の晩にご返事を承りたい――つまり、今晩の話でござんすよ。横浜のホテルニューグランドにて、華族会主催の新年ダンス・パーティが開かれるから、ぜひお越し下さい。フィアンセとしてみなさまにご紹介できれば幸いです」

（第五巻「月光価千金」）

住之江財閥の当主にして若き男爵、住之江康彦が、銀座・尾張町の十文字でおこんを見初め、電光石火のプロポーズをしかけてきた。ご返事はここでと指定されたのが、横浜海岸通りのホテルニューグランド。昭和二年（一九二七）開業。横浜は関東大震災で甚大な被害を受け、ほとんどの宿泊施設が倒壊、経営不能となる中、復興のシンボルとして広く市民から資金を募って完成した。

地上五階建て、近代復興式の外観。住之江にエスコートされ、おこんが上ったであろう、本館二階ロビーへと続く階段はエキゾチックな趣きだ。本文中でダンス・パーティが繰り広げられたボウル・ルームは開業当時の様子をそのままとどめ、天井をはじめ曲線が多用された繊細な空間。現在も往時の雰囲気を伝える日本有数のクラシックホテルである。

昭和初期のホテルニューグランド。
昭和２年（1927）竣工。設計は、服部
時計店（銀座和光）を設計した渡辺仁

2階ロビーへ続く正面階段。
時計の上部には、京都の川島甚兵衛製作のつづれ織「天女奏楽之図」が張られ、天井からは東洋風の灯籠が吊るされるなど、西欧と東洋が調和した空間がつくりだされた。現在も、大部分が当時のまま残されている

物語中でダンス・パーティの会場となったボウル・ルーム。
美しい丸みが特徴的な天井は、当時の漆喰職人が技術の粋を尽くしたもの。現在も開業時の姿をとどめる

古稀庵は現在あいおいニッセイ同和損保の研修所。日曜10時～16時に庭園が一般公開されている。箱根板橋駅から徒歩7分（写真は現在）

小田原古稀庵

元帥は縁側の籐椅子にもたれて海を見ていた。おこんがひとりで居間に入ると、寛《くつろ》げた着物のうなじをこころもち倒して肯いただけで、振り向くでも声をかけるでもなかった。二人は黙って長い間、朝の海を眺めていた。

（第一巻「槍の小輔」）

大川の川開きの夜、ゆえあって山県有朋の金時計を掏《す》り取り、大川に投げ捨てたおこん。山県も思うところあって小田原の別邸古稀庵《こきあん》におこんを連れ帰る。翌朝、箱根山に抱かれ、相模湾を望む庭で語り合ううち、少しずつお互いの心がほぐれていく。

〈コラム〉

網走監獄（博物館 網走監獄）

「さて、時は今を去ること七十年前《しちじゅうねんぜん》、大正は八年の春まだ遠き二月。上野のステンショから三泊四日の長旅をかけて、いっけんはかたぎの面会人としか見えねえ安吉親分と算《かぞ》えで十一の俺が、浮世を隔てる鏡橋を渡り、赤煉瓦の門をくぐっていそいそと、横なぐれの雪が舞う監獄庁舎の車寄せに立ったと思いねえ——」

（第三巻「銀次蔭盃」）

松蔵を連れた安吉親分は、雪深い網走《あばしり》監獄におもむく。親子盃をかわした仕立屋銀次との間に生じたいわれのない誤解を、ただときたい一心のことであった。

物語で仕立屋銀次が収監されている網走監獄の歴史は、明治二十三年（一八九〇）にさかのぼる。北海道の本格的な開拓に乗り出していた明治政府は、囚人をこの地に送り込み、道路の開削作業などに従事させることとした。厳寒の地での激しい労働は多くの犠牲者を生んだという。

現在の網走刑務所は一九八〇年代に改築された建物だが、明治以来の建物を天都山の麓に全面移築して「博物館 網走監獄」として公開している。現存するのはここだけという放射状型の舎房や、安吉親分と松蔵が通った煉瓦造の正門や鏡橋も再現されている。広大な敷地に往時の姿そのままに施設が点在する、世界でも有数の野外博物館である。

○博物館 網走監獄　網走市呼人一―一（電話　〇一五二―四五―二四一一）

開館時間　四月～十月は八時～十八時、十一月～三月は九時～十七時（入館は閉館一時間前まで）。年中無休

アクセス　ＪＲ網走駅からバスで十分、女満別空港からバスで二十五分

（上）再現された正門
（下）放射状型舎房の中央見張り所付近

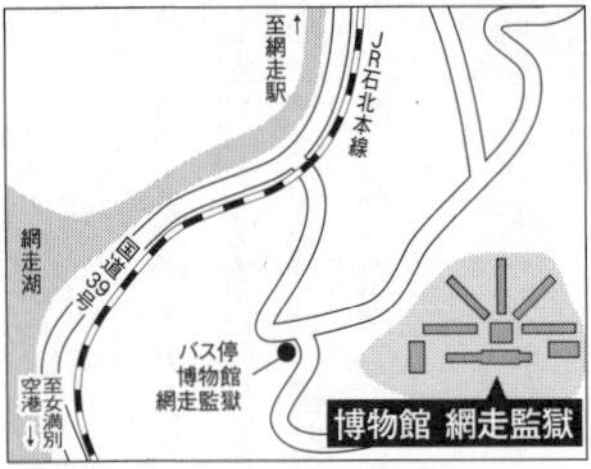

第五章

天切り松と私

「天切り松　闇がたり」をこよなく愛してくださっていた
名優たちが逝った。
平成二十四年（二〇一二）、大滝秀治さん、
十八世中村勘三郎（五代目中村勘九郎）さん、
平成二十五年（二〇一三）、すまけいさんが旅立たれた。
本章では、各界の天切り松ファンの寄稿とともに、大滝さんと
すまさんの推薦の言葉、五代目中村勘九郎（当時）さんと
浅田氏との対談を特別収録する。

大滝　秀治

粋で色気があって、読みながらゾクゾクしたなぁ。
広沢虎造が浪花節でうなったら、このじいさんがどんな云い方をするのか。
「飲みねえ、食いねえ、江戸っ子だってね」より当るんじゃないかな。いーですね。
浅田さん虎造を知って居るかな。

すま　けい

朗読しながら泣けて、泣けて、困った。ここに出てくる人たちがみないとおしくて、泣いてしまうのだ。

わたしはいわば「贔屓代表」のつもりで、姿勢を正して、のめりこんで、朗読劇『天切り松　闇がたり』にのぞんでいる。

この小説のなかに生きている人たちが好きで好きでしょうがない。人生の先を生きてきた先輩には教えられることばかりだ。

（第四巻『昭和俠盗伝』文庫解説より抜粋）

今夜もソファで「闇がたり」に耳をすます

安藤　優子

「天切り松　闇がたり」を、私はちびちび読む。ベッド脇の独り掛けソファーにゆっくりと身をしずめて、小さなフロアスタンドの明かりをぽちりと灯す。そう、休日の夕暮れから夜にかけてが理想的だけれど、どっぷりとした深夜の静寂もまた捨てがたい。サイドテーブルには少々きつめの蒸留酒のオンザロック。これら環境が整ったところで、いよいよ天切り松の闇がたりに耳をすますことになる。「天切り松」こと年老いた村田松蔵が言うには「闇がたり」は、道を極めた夜盗の職人芸で、六尺四方にしかその声は届かないという。だからしーんと心を落ち着けてじっくりと耳を傾ける必要がある。自分としては、グラスを片手にできるだけ松蔵翁に近い、かぶりつきに陣取っているつもりである。が、夜更けの留置場で「闇がたり」を何よりも楽しみにしている聴衆はわんさか居て、同じ房の住人は言わずもがな、周囲の房の者も息をつめてにじり寄って来るわ、看守に警察署長までが松蔵の居る房の表やら裏やらにつめかけるので、場所取りの競争率は上野公園のお花見の比ではない。それでも、ひとたび「闇がたり」が始まれば、六尺四方に居さえすれば、不思議と松蔵の低く、しわがれた声がはっきりと聞こえてくるのだから、職人芸とはまさに「芸術」である。

話はまったくそれるのだけれど、一応「話す」ことを生業にしている私にとって、この「六尺四方にしか届かない」話芸におおいに興味をそそられる。ささやくようにしゃべっても、消音すれすれの単語がきちんと分かる話し手がいる反面、声高で太い音量にもかかわらず、何を言っているのか判然としない話し手もいる。違いは何かと考えると、声がどこから出ているのかによるようだ。咽喉《のど》だけで音声を出そうとしているのか、腹から音が出ているのかの違いである。松蔵の所作を観察していると、長年の鍛錬の賜物か、痩せてはいても鋼《はがね》のようなしなやかな身体にはいつもぴしっと軸が通っているのが分かる。背筋がしゃんとしていると腹から声が出る。深く腹にためた呼吸は、細く長い息の吐き出しを可能にし、さらにそこに音声が乗るという具合なのだ。

ささ、そんなことより「闇がたり」である。松蔵翁が話してくれる物語はどれも「ほんとうにあった」ことばかり。私もすべての話を一通りは聞いているのだけれど、なんど聞いてもそのたびに泣けちゃう。とりわけ松蔵が吉原に売られていったおねえちゃんを奪還する話（第一巻「衣紋坂から」）は、話している松蔵があまりに淡々としていて、余計に切なくてひりひりするくらい悲しい。松蔵の盗人兄貴分、寅弥がおねえちゃんを吉原から身請けしようと客になって通いながらも、いちどもおねえちゃんと情を通じることがなかったことがわかる最後の場面。小さい松蔵の気持ちを慮《おもんぱか》る気のやさしい寅弥にむかって、虫の息のおねえちゃんは「ありがとう、寅さん……いつも寝かしつけてくれて。いっぺんぐらい、抱いてほしかった」と言う。そして重い病に冒されて時すでに遅しのおねえちゃんは、松蔵の背中で息をひきとる。幼くして母を亡くし、姉を売られ、自らも盗人一門に預けられた天涯孤独の松が、やっと再会できたおねえちゃんを失う。この世の真の悪は、貧しい者から金以上のものを奪う奴ら、たとえ食うに困っても家族が寄り添える暮らしを奪う奴らだと、松蔵が心に刻んだ瞬間だと私は思っている。

そんな松蔵が伝説の怪盗「天切り松」になっていくまでの様々な出来事とそれを取り巻く人々。松蔵の親代わりの「目細の安吉」親分。あるときは、「舶来の背広に水玉の蝶ネクタイ、青いソフトにインバネス」というめちゃくちゃに洒落たいでたちで、盗みの技も半端ではない。そんじょそこいらの金持ちから盗むのではなく、巨悪で積み上げられた汚れた金を鮮やかに盗み出し、貧しいものたちに分け与える。常に物静かで、思慮深い。その弟子で松蔵の兄貴分、「黄不動の栄治」は松蔵に盗みの「天切り」とはなにかを身をもって教える。もうひとりの兄貴分は、偉丈夫の寅弥。そして「ぎょっとするほど美しい」天下一品の盗人おこん姐さん。おこん姐さんが、山県有朋の金時計を盗んだ挙句、年老いた山県に惚れ込んでいっとき一緒に暮らす話も、天切り松になんどもせがんで聞かせてもらった。おかげで、正面きって他人様のものを盗む技は「ゲンノマエ」ということもおぼえた。松蔵を助け、教育し、惜しみなく愛情をそそぐこの盗人一門は、血のつながりこそないし、あんまりべたべたしたところも見せないけれど、決して互いを傷つけたり、裏切ったりしない、それこそ理想の家族のカタチだ。

「天切り松の闇がたり」は、松蔵が一息入れたくなるとその晩はおしまいということになる。早くその先を聞きたいのは皆いっしょ。でも、それじゃあ明日の晩の楽しみがなくなってしまう。グラスに入っている琥珀色《こはくいろ》の液体に浮いた氷をひとつかじりながら、私はいつも未練がましくソファーに座りつづける。そして、それにしても……と思う。「天切り松」の頃のような「善い悪人」がいなくなったなぁと。弱きを助け、強きをくじく。そんな筋金入りの「善い盗人」はどこにも見当たらない。在るのは、自分の懐具合と欲だけの、野暮天ばかり。だから、やっぱり今夜はもう一話、聞かせてくれないかしら。

書生常と支配人、温かい心の通いあい

小林　哲也（帝国ホテル会長）

私は『蒼穹の昴』で浅田先生のファンになり、『鉄道員《ぽっぽや》』を出されたときに、同じく浅田作品の愛読者である弊社会長（二〇〇七年当時）の藤居と、「これで直木賞をおとりになるんじゃないか」と話したりしていました。「天切り松　闇がたり」シリーズは第一巻刊行時に藤居から薦められて読んだのですが、これがじつに面白い。私はおせっかいで自分が読んで面白かった本をどんどん人にあげる癖がありまして、そんなことで「天切り松」もずいぶん友人たちにプレゼントしました。

その後、弊社のハウスマガジン「インペリアル」で二〇〇三年に先生と対談した際、『天切り松　闇がたり』第四巻に帝国ホテルが登場して、しかも総支配人が泥棒の安吉一家の大ファンなんですが、まずいでしょうか」とお訊《たず》ねがありました。私は「いえいえ。しかしまた大胆な設定で驚きました」と申し上げましたが、これは大変面白いなあと思いまして、ご参考になればと社史をお送りしました。

　できあがった作品を拝読したら、この支配人がとってもいいんです。書生常と長いつきあいで、親しみは増していても、決して狎《な》れていない。ここで狎れ狎れしくなったら絶対だめなんです。「まことにふつつかなことをお訊ねいたしますが――」という問いかけひとつとっても、ホテルで働く者のとるべき態度をきっちりわきまえた振る舞い、言葉づかいですね。といっても慇懃《いんぎん》無礼ではなく、黄不動のお札をもらって大喜びしたり、非常に人間味がある。

　一方の書生常も、特等客室に長期滞在している、ホテルにとっては上得意のお客様ですが、決して無理難題を持ちかけたりしません。「何なりとお申し付けください」という支配人に「天下の帝国ホテルに火の粉がかぶったんじゃあ申しわけねえから、支配人さんは大向こうの見物を決めておくんなさんし」と言う場面がありますね。こちらの立場を慮ってくれているわけです。丁寧で節度があって、こんなお客様でしたら気持ちとしては何でもしてさしあげたくなってしまいます。

　書生常と支配人のやりとりを見ると、そこにはたしかに人間的な心の通いあいがあります。ホテルという場所は、サービスを受ける側と提供する側の心が通じあって初めて感動が生まれ、お客様が喜ぶ姿を見た私たちがさらに感動して、もっと喜んでいただけることはないかと考える、その積み重ねです。浅田先生はホテルの現場で働く者の気持ちをよくわかっておられて、だからこそ書生常と支配人のような温かみのある関係が生まれたのだと思います。

帝国ホテルの開業は明治二十三年（一八九〇）、欧化政策を進めていた井上馨外務卿が外国の賓客を迎える宿泊施設の必要性を提唱し、渋沢栄一や大倉喜八郎などの財界人も賛同して創設されました。創業時には宮内省も資本金の二十％強を出資していますので、いわば国策として建てられた日本の迎賓館でした。

「天切り松」の舞台となる二代目本館、通称「ライト館」は、アメリカ人建築家フランク・ロイド・ライトによる設計で、大正十二年（一九二三）竣工、戦争の時代を経《へ》て昭和四十二年（一九六七）に解体されます。私自身はその二年後に入社しましたので直接は存じませんが、フランク・ロイド・ライト自身が、完成したあとは（装飾に）お金のかからないホテルと言ったほど、まさにホテルそのものが芸術品だったわけです。しかし最後の頃は老朽化のため、建材の大谷石が脆《もろ》くなり、石の粉が落ちるので一日に何回も掃除をしたとききました。

ホテルの経営は、「ハードウェア・ソフトウェア・ヒューマンウェア」の三つの要素が高品質にバランスよく磨かれていなくてはいけません。このなかでヒューマンウェアが最も大事ですが、大前提となるのがハードです。

　現本館にライト館の面影を残したものといえば、テラコッタやストーンレリーフを壁に移築したオールドインペリアルバーぐらいだったので、「東洋の宝石」と称えられたフランク・ロイド・ライトのデザインをなんとか復活させたいと考えていました。そこで二〇〇三年から総工費百七十億円をかけた改修工事を始める際、ぜひライト館を象徴するような部屋を作ろうではないかという話になりまして、「フランク・ロイド・ライト・スイート」を完成させたわけです。アメリカのライト財団のご協力もいただき、担当者が財団のあるアリゾナに飛んで、細かい打ち合わせを何度も重ね、すみずみまでライトの意匠やこだわりを再現しています。

　ライト館時代は大正昭和のモダニズム全盛期とも重なり、メニューのデザインなどいま見てもとてもおしゃれです。昭和四年（一九二九）、飛行船ツェッペリン号が来日した際に依頼をうけて調製した機内食のメニューもありますが、こんなデザインを作れるしゃれた人がその当時もいたんだなあと思います。これは余談ですが、安吉親分があのモダンなスタイルでツェッペリン号に乗ったりしたら面白いシーンができるんじゃないでしょうか。

　帝国ホテルは開業のいきさつからして東洋文明と西洋文明の架け橋となるべく始りましたので、ひとつひとつのことがすべて初めてづくしで、チャレンジの連続でした。その精神は開業以来百二十年以上、ＤＮＡとなっていまも受け継がれています。

ホテルで初めての結婚披露宴、ダンスパーティー、ホテルお抱えのジャズバンド、バイキングなど、「帝国ホテルが初めて」というものがいろいろとありますが、「伝統は革新とともにあり」ということで、変えてはならないものと変えなくてはならないものを選別しながら成長してまいりました。「日輪の刺客」で「けっして秘密を洩らさず、無駄口も叩《たた》かず、贔屓《ひいき》の引き倒しにならぬところはさすが天下の帝国ホテルである。江戸ッ子の粋がこのホテルの隠し味であると、気付く客は少ない」と書いていただいていますが、ここを読んだときは非常にうれしく、胸にぐっとくるものがありました。

「天切り松　闇がたり」は、登場人物すべてに個性があって、江戸弁の会話が粋で、リズミカルで、読んでいてとても気分がいい。そして目細一家の優しさにほろりとします。これからの展開も非常に楽しみです。（二〇〇七年談）

兎に角一丁柝《き》を入れて

藤田　弓子

昭和二十年九月、ギリギリ戦後生まれの私が、この物語の舞台である妖しい美学に満ち溢《あふ》れる大正という時代の江戸の町を、映像としてイメージ出来たということが嬉《うれ》しい。平成八年に亡くなった母のお陰である。母が大好きだった町、言葉、そして心意気が遺言のように身の内に染み入ってきた。

大正十二年東京は芝区榎町で生まれ神田連雀町で育った母は、いうところの正真正銘の江戸っ子である。戦病死で夫を亡くしたものの「未《いま》だ亡《ほろ》びぬ人なんていわれたくない」と背筋をのばして凛《りん》と生きた女性《ひと》だ。幸い好奇心の塊であった為、幼い娘の手をひいて、何でも見て聴いて識《し》りたいと東京中を走り廻《まわ》った。映画、歌舞伎、落語、絵画、野球……特に映画は、新旧、邦画洋画、A級B級問わずに見まくった。

小説などの登場人物に役者を当てはめる、つまりキャスティングしてみるクセは映画少女時代からのものだ。

しかし「天切り松　闇がたり」の安吉一家のキャスティングは至難の技。志村喬、森雅之、阪東妻三郎、京マチ子、市川雷蔵、三木のり平。私でもライブで間に合っていない役者さんの名前ばかり浮かんでくる。黄不動の栄治は、ハリウッドの伝説的二枚目俳優、ダグラス・フェアバンクスだそうだ。

「他人に情をかけても、けっして恩は着せない。人を好いても、好かれようとはしない。義というものを知っている男の中の男」といわれる目細の安吉親分は、フランス映画の重鎮、ジャン・ギャバンかな？

安吉一家の登場人物をより魅力的にしているのはその言葉づかいと様子である。現《い》在《ま》、粋で小気味の良い江戸ことばをちゃんと喋《しゃべ》る人は極《ご》く僅かしかいないし、着物や洋服や靴、つまり本もののお洒落がわかる人もほとんどいなくなってきている。浅田次郎さんのこだわりが鮮やかな映像美となって、名場面を創り出している。

抜弁天の屋敷で初登場の目細の安吉親分の様子はこんな風だ。白麻の単衣《ひとえ》に紗《しゃ》の羽織、縁なし眼鏡に葉巻をくわえている。彼が親と慕い敬愛する、伝説の盗賊仕立屋銀次が釈放されて上野駅に到着する場面、銀次は桜の緞帳《どんちょう》から銀ねずの大島の着流しで出てくる。安吉親分はホームスパンの背広に黒いインバネス、中折れ帽に籐《とう》のステッキ。しかし官憲と親分衆の裏切りを知り、その夜のうちに抜弁天の邸を引き払う。黒木綿の股引《ももひき》に胴着、刺子《さしこ》を打った単衣の筒袖に七枚鞐《こはぜ》のキャラコの黒足袋、墨染めの手拭で頬かむりという大江戸以来の盗ッ人装束だ。「いいかやい、この家《や》の物ァ何ひとつ持ち出しちゃならねえ」。そして鳥越の長屋に移り住んでも、純白の麻の背広にパナマ帽、飴色の籐のステッキを小脇に抱えて銀座に出てくるという洒落ようである。

啖呵《たんか》を切りながら人を殴る、盗ッ人のくせに曲ったことは大嫌いという寅弥は十文字絣に博多の平ぐけ帯である。背中には二百三高地の傷跡と俠気《おとこぎ》を背負っている。

粋でいい女を絵にかいたような振袖おこん。髪は耳かくしに結い、藤色の絽縮緬《ろちりめん》の夏羽織。手にはレエスの日傘というういでたち。山県有朋元帥や竹久夢二が惚れるだけある、容姿も心根も極上の器量よし。

書生の常次郎が百面相という大仕掛けで、リリアン・ギッシュのような令嬢から近衛将校の軍服を着た華頂宮殿下までたったひとりで演じ分けるのも圧巻。普段は時代おくれの壮士風。麻の袴に長羽織でセルロイドの眼鏡という姿である。

背には不動明王の彫物。江戸の華とうたわれる、屋根を舞台に見得を切る天切りという荒芸を伝承してきたのは黄不動の栄治。身の丈百八十センチ色浅黒く端整な顔立ち。仕事の下見の為十二階（凌雲閣）へはカシミアの外套に青い上等な帽子、ボルサリーノ。郊外滝野川の西洋館には真白な麻の背広にパナマ帽。帝国ホテルにはシルクハットにテールコート、エナメルの靴で乗り込む。どの姿もダンディズムと男の色気にあふれている。どうして役者にならないのかと尋ねられれば「役者よりも俳優よりも、盗ッ人はよっぽど格好がいい」と答える。

百万石の大甍《おおいらか》の上に逆さ三日月を背にしてすっくと立った黄不動の姿……私も松蔵少年と一緒に市電の中から見た。確かに映像として見ることが出来た。こんなにも格好のいい男の姿、胸のすく所業、言葉、心意気に出会えた感動で震えが止まらなかった。

天切り松の口からこぼれる闇語りの数々から日本人のダンディズム、日本人の情、絆《きずな》、掟《おきて》、躾《しつけ》、プロ意識、品位、美学……等々想わせて頂くことはいっぱいあるけれど、兎に角一丁柝《き》を入れて、かけ声をかけてみたくなる。

特別収録

対談　失われた「男気」を探せ

五代目中村勘九郎（十八世中村勘三郎）
×
浅田次郎

久しぶりの歌舞伎見物

勘九郎　どうも遅くなりまして。『鏡獅子』ごらんになっていただけました？

浅田　素晴らしかった。勘九郎さん、実に気分よく踊っていましたね。

勘九郎　いや、先生、ここだけの話ですが、実は『鏡獅子』というのは、『連獅子』とか『京鹿子娘道成寺』なんかとちがいましてね、踊っている方はあんまり楽しめないんですよ。と言うのは、ほら、『鏡獅子』というのは、千代田城のなかで踊る。しかも、もともと踊りたくない御小姓の弥生が将軍のご所望で踊るわけでしょ。ですから、性根としては、楽しくない。その心根が芯にありますから、どっちかと言うと、抑えて踊るわけです。ですから、踊る方としてはかなり疲れるんですよ。『道成寺』なんかは白拍子が踊りたくて踊るわけですし、場所もお寺ですし、桜が満開だったりして、気分がいいんですけどね。

浅田　そうなんですか。『鏡獅子』って、抑えて踊るんですか。知らなかったな。

勘九郎　ですからね、弥生を演る時には、一時間前に入って、顔をして（化粧して）、楽屋でじっとしていますからね。処女ですからね、弥生は。静かに心を落ちつけてます。

浅田　ああ、なるほど。それはよくわかるな。僕も、女性がたくさん出てくる小説なんか書いている時は、書斎から出ると、なんか女性になってるみたいですよ。「ねえ、ちょっと、ごはん、まだ?」みたいで（笑）。家族がわかるみたいですからね、いま何の連載を書いているのか。武家ものを書いている時は、顔が侍になってたりしてるそうですよ。

勘九郎　そうでしょうね。僕らの世界でも、何か失敗して謝るなら、相手が女形をする前がいいって言われますからね。たとえば、僕が楽屋で、いまみたいに『鏡獅子』の弥生になろうとしている時に、その前に何か失敗したお弟子さんが楽屋に謝りに来て、「どうもすみませんでした」なんて言われたら、「ああ、いいよ、いいよ」なんて言いますけど、『髪結新三』の時だったら「何やってやがんだい、このおっちょこちょい！　何度言ったらわかるんでぇ」なんてすごい勢いで怒鳴りますからね（笑）。いや、ほんとに。

浅田　勘九郎さんは、『鏡獅子』は結構踊られているのですか？

勘九郎　約一ヵ月の公演を十五回やりました。外国で踊ったのを入れるともっとですね。

浅田　いや、それにしても歌舞伎を久しぶりに堪能させていただきました。このところ忙しくて、歌舞伎を見る機会も減りましたけど、実は、僕は子供の頃からジジババに連れられて、歌舞伎座にはよく来ていたんですよ。ですから、勘九郎さんの子役時代はよく見ているんです。

勘九郎　浅田さんが子供の頃って言うと……。

浅田　僕と勘九郎さんとはそんなに年がちがわないと思うんですけどね。ちがっても一つか二つ。僕は昭和二十六年生まれですから。

勘九郎　何言ってるんですか。全然、年がちがいますよ。僕は昭和三十年ですよ。四つもちがいますよ。全然って言うほどはちがわないか（笑）。で、僕の初舞台は昭和三十四年で、四歳の時だから、浅田さんが八歳の時です。浅田さんが歌舞伎で最初に

見たのは、何でした？

浅田　いや、今日、歌舞伎座に入ってからずっと、そのことを考えてたんですけどね、最初に見た時のことは覚えていないんです。でも、僕の頭のなかで、一番最初にはっきりと記憶に刻み込まれているのは、小学生の時に見た『先代萩』ですね。政岡が昨年亡くなった中村歌右衛門さんで、勘三郎さん（十七世）も出てました。なんの役だったかな。あっ、あれだ、えーと、細川勝元。

勘九郎　はい、演ってます。じゃ、仁木弾正が先代の幸四郎さんでしょう。それで、渡辺外記が先々代の三津五郎さんですね。わかりました、わかりました。ずいぶん前ですね、それは。

浅田　その時ね、子供心にも、歌舞伎ってなんてきれいなんだろうって思いましたね。

勘九郎　それはよかった。最初に見た歌舞伎がおもしろくないと、一生見ない人が多いですからね。高校生のための歌舞伎教室なんか本来、とっても重要なんですよ。千人見て、将来、百人が歌舞伎を好きになって、見てくれるようになればいいっていう目的でやっているんだけど、ちょっと間違うと、九百人の高校生をわざわざ歌舞伎嫌いにしてしまう可能性もあるわけですから。

浅田　その意味では、歌舞伎が好きになったんだから、僕はラッキーだったのかもしれないな。

勘九郎　昔は、浅田さんの子供時代のように子供が親や祖父母に連れられて、よく歌舞伎を見に来てくれたそうですよ。なぜかと言うと、歌舞伎座のなかに、おもちゃ屋があったからだと言われてます。いまは、ないですからね。

浅田　なるほど。僕は特に歌舞伎座でおもちゃを買ってもらった記憶はないな。

勘九郎　大事なんですよ、子供さんは。この間もね、僕が玉三郎さんと『鰯売』を演ってましたらね、ええ、ええ、三島さんの。それで、客席で小さなお嬢ちゃんがとにかくゲラゲラよく笑ってくれるんですよ。すごく嬉しかったですよ。そしたら、あっという間に、その子が案内係の女性に外に連れ出されてしまったんです。「えっ、どうして？」って思いましたね。舞台の上で、一瞬、凍りそうになりましたもの。だって、そうでしょ。その子は僕の演技にいちいち正しい反応してくれてたんですから。笑ってほしいところで笑ってくれているんですから。後で聞いたら、お客さんから苦情が出たんで、外に出したんですって。泣いたとか、騒いだんじゃないんですよ、笑うところで笑ったのに。ね、これじゃ、おばぁちゃんもお孫さんを連れてなんか歌舞伎座に来ませんよ。とんでもないことなんで、後でご家族に謝っておきましたけど。そしたら、毎月来てくれてます。

ワルは江戸弁にかぎる

浅田　そうなんだな。どうも歌舞伎って言うと、いわゆる勉強の延長になってしまうんですよね。それがいけないと僕は思うんですよ。小説もそう。学問の延長上に置いてしまう。芸術というのは、僕は庶民の娯楽だと思うんです。だから、いまの子供たちがゲームをやったり、パソコンをやったりするのと同じように、芝居を見たり、小説を読んで興奮しないと嘘《うそ》なんですよ。それだけの力を、芝居も小説も持っていると思いますね。

勘九郎　興奮って言えば、『天切り松　闇がたり』を読ませていただきましたけど、ストーリー展開がおもしろいだけでなく、台詞のテンポがたまらなくいいですね。浅田さん、絶対、東京生まれでしょう。

浅田　中野生まれですけど、うちの店が神田にありましてね……。

勘九郎　ねっ、そうでしょ。読んでてすぐにそう思ったもの。何代も何代も？

浅田　ええ、うちの家系は、生粋の江戸っ子なんですよ。何しろ、僕の時代になって、兄貴も僕も嫁さんを地方から貰うなんていうことになった時は、大変でしたよ。「江戸っ子は箱根の山の向こうから嫁などもらうもんじゃねえ」って（笑）。祖父母なんか薩長土肥を「この田舎者が……」なんて馬鹿にしてましたから。

勘九郎　そうでしょうね。それでないと、この本に出てくるような、こういう粋な江戸弁というか、東京言葉は出てきませんからね。僕もタクシーに乗っては、よく言ってましたよ。「おう、まっつぐ行っちくんねえ」とかなんとか（笑）。ただね、ひとつだけ間違えていたのは、「さぶい」っていうのは、江戸弁じゃないんですってね。「寒い」って、江戸の人は言ってたんですって。

浅田　えっ、そうなんですか。「さぶい」って、僕らも言いますよ。

勘九郎　やっちゃ場の人がそう言ってたし、うちの親父も教えてくれましたもの。「さぶい」という言葉を使いだしたのは、明治以降なんですって。「さぶい」って一見、江戸弁に聞こえますもんね。

浅田　じゃ、「さぶい」は薩長土肥が使った言葉なのかもしれない。僕が教わったのは「ど真ん中」は関西の言葉で、東京では「まん真ん中」っていうんだって。まあ、「ど」がつくのは関西の言葉だから、聞けば、ああそうかと思いますけど、「さぶい」が江戸弁じゃないなんて知らなかったな。

勘九郎　それにしても、この『天切り松　闇がたり』のなかの台詞はいい。でも、浅田さん、少し歌舞伎を意識してません？

浅田　当たり！　僕は河竹黙阿彌が大、大大好きで、ものすごく影響を受けていますし『天切り松』の舞台は明治、大正ですけど、ものすごく黙阿彌を意識してます。黙阿彌の台詞まわしって、江戸弁で気持ちがいいですからね。

勘九郎　柄のねえところへ柄をすげて、油ッ紙へ火がつくように、べらべらべらべら御託をぬかしやァがりやァ、こっちも男の意地ずくに、破れかぶれとなるまでも、覚えはねえと白張りの、しらを切ったる番傘で、筋骨抜くから覚悟しろィ！

浅田　『髪結新三』ですね。新三が手代の忠七を傘で叩いて、下駄で踏みつける、いいところ。黙阿彌の啖呵は、実に気持ちいいですからね。黙阿彌が台詞のなかに使う「おう！」なんて言葉、うちの祖父なんかも使ってましたからね。カーッとしたりすると、「おう！　ちょっと待ちな」ですからね。

勘九郎　「こう……」「こう……」なんていうのも使いますね。いまでも、東京の若い子が使ってますから。黙阿彌が書いた新三の台詞は、やっていて気分がいいですよ。「ええィ黙りやァがれ」とか「何ぬかしやァがる」「しゃらくせえ」とか、いちいちいいよね。『天切り松』もお書きになってて、気持ちよかったでしょ。

浅田　もう、すらすら出てきて、あれ、枚数に制限なかったら、いつまでも書いてましたね（笑）。でも、新三って、いまでも自分たちの友だちのなかに、こういうヤツっていそうじゃないですか。ちょっとしたワルで、そのくせ憎めないっていうのが。やっぱりワルの方が演じる方も、いい人を演じるより楽しいでしょうね。

勘九郎　そりゃ、楽しいですよ。実際にやったら警察に捕まるようなことを、舞台でやれるんだから、気分がいいに決まってますよ。弁天小僧なんて、ひどいですからね。雨が降ってもいないのに傘なんか差してさ、その傘に「白浪」なんて書いてあるんですよ。泥棒なんて書いてある傘差して、あんな派手な衣装着て町のなかを歩いていたら、芝居じゃなかったら捕まるよね、絶対（笑）。浅田さんもワルが好きでしょ。

忘れられた「ダンディズム」の復活を

浅田　ワルと言っても、人殺しは書きたくないんですよ。僕がこの『天切り松　闇がたり』の三巻を通して書きたかったのは、失われた男のヒロイズムなんです。昔はカッコいい男が、まわりにたくさんいたように思いませんか。それがいなくなった。まるでダムの底に沈んだように、東京そのものもなくなってしまいましたからね。

勘九郎　町名だって、いまひどいでしょ。義父の中村芝翫《しかん》は「神谷町！」って声がかかりますけど、住所としては虎ノ門ですからね。舞台に出てきたら「虎ノ門五丁目！」じゃ話になりませんよ（笑）。

浅田　私の祖父母がいたのが「鎌倉河岸」ですけど、いまは内神田ですからね。

勘九郎　なんで、昔からあったいい名前を変えてしまうんでしょうね。変えた人たちは、きっと東京の人じゃないね。

浅田　僕もそう思う。東京の人だったら、そんな馬鹿なことはしないですから。

勘九郎　もう、いまの東京で江戸を探すのって大変ですからね。僕が子供の頃に、新内流しを見たくらいだもの。うちの親父なんかは上野の山に瞽女《ごぜ》さんを見に行ったって言ってましたけど、いま上野に行ったら、イラン人が偽造テレカを売ってる（笑）。

浅田　僕は虚無僧を見ましたよ。

勘九郎　え！　嘘でしょ。

浅田　いや、ほんと。友だちも見たって言ってたから、僕らの時代までは虚無僧はいたんですよ。うちの祖母は、時々お歯黒なんかしてましたからね。

勘九郎　えーっ！　そりゃ、浅田さんと僕の間には、時代の差がはっきりとありますよ。四歳どころの差じゃないですよ（笑）。

浅田　祖母の悪戯だったかもしれないけどとにかく、そうした江戸の名残というか、昔の東京そのものもなくなってしまったわけでしょ。

勘九郎　でもね、逆に考えると、江戸時代って、そんなに昔じゃないってことも言えますよね。うちの親父なんか、明治四十二年生まれですからね。ということは、親父が生まれる四十二年前は、江戸時代だったっていうことですから。

浅田　そう考えると、江戸はすぐそこですね。それなのに、東京オリンピック以降、あっという間に、江戸が消えてしまった。で、それと同時に言葉も失われ、その時代に生きていた東京の男たちの「男気」も一緒に消えていってしまった。そのロマンを何としてでも小説に残しておこうと思って、書きはじめて第三巻まで書き上がったんですが……。

勘九郎　「男気」。いい言葉だねぇ（笑）。特に、この本のなかに出てくるワルたちのなかでは、黄不動の栄治って、好きだなぁ。

浅田　いいでしょう（笑）。その「男気」という言葉も、いまじゃ死語になってしまった。だから、どうしてもこの本で、西洋化されない日本流のダンディズムを書いてみたかったんですよ。昔の日本には、こういうカッコいい男たちがたくさんいたんだという思いをこめて。

勘九郎　それが、黙阿彌とつながった。

浅田　そう！　日本男児のヒロイズムを何としてでも、もう一回、この平成の世に復活させたい。それを書くにあたって、自分の頭のなかにあったのが、黙阿彌の登場人物たちが持っていた「男の色気」なんです。その色気がどうしても書きたかったわけ。だって、いま映画を見ても、テレビを見ても、日本の男がカッコ悪いでしょう。

勘九郎　それで、自ら『壬生義士伝』に出演されたんですか（笑）。

浅田　勘弁してくださいよ（笑）。

平成の黙阿彌誕生？

勘九郎　ところで、浅田さん、小説もいいけど、いっそ、歌舞伎を書いてくれませんか。

浅田　えーッ！

勘九郎　浅田さんは、絶対に歌舞伎を書かなけりゃいけない人なんですよ。だって、そうでしょ。江戸っ子で、江戸の地理がわかって黙阿彌が大好きで、江戸弁、東京言葉をこんなに自由自在に駆使できるんだもの。ねっ、そうでしょ。あれ？　ウンと言わない（笑）。

浅田　あのね、勘九郎さん。歌舞伎ってね、東京人にとっては、特別なものなんですよ。映画の原作とかテレビの脚本だったら、何も感じないですけど、歌舞伎の台本となると、すごいプレッシャー感じますよ。失敗したらもう絶対に立ち上がれないっていう……。

勘九郎　そんなことないですよ。と言いますのはね、いいですか、先生、僕も黙阿彌は好きですよ。でも、僕は黙阿彌とは話せないでしょう。黙阿彌は当時、市川小團次という役者と組んで、小團次のために書いたわけですよ。もちろん、小團次ともよく話したでしょうし、芝居だって毎日見たと思いますよ。自分が書いた芝居がウケているかどうか、心配ですからね。そして、ウケない場面は、その夜に小團次と相談して変えたりしているんです。僕が目指しているのは、そういう方法なんです。現代の作家の先生と一緒になって、いまの歌舞伎、生きている歌舞伎っていうかな、新しい歌舞伎を作っていきたいんですよ。どうですか、先生、ここらでひとつ、先生の言われる「男気」で、中村屋のために片肌脱いじゃ、もらえませんかね。

浅田　あのー、目の前にいるのが中村勘九郎さんというだけで、かなり今日の僕は負けているのに、そんなこと言われると、もうプレッシャー、感じるなァ。歌舞伎をきちんと勉強しなおさないといけないしなァ……。

勘九郎　そんなことないですよ。だって、この間の野田版『研辰《とぎたつ》の討たれ』だって、すごいですよ。野田秀樹からもらった最初の僕の台詞が「しないでジェラシー、されるがジェラシー」ですよ。もう、どうしようかと思ったもの。「ジェラシー」ですよ。

こんな言葉を歌舞伎座で歌舞伎役者が言ったんですよ。僕なんか初日の前なんか、緊張して、震えちゃったもの。でも、実際は何でもなかったというより、ひとつのハードルをこれでポンと越えてしまった感じだったですね。ある意味で、歌舞伎とは何か、どこまでが歌舞伎なのかって言った時に、いまは歌舞伎役者が演るから歌舞伎だっていうところまで、来てると思うんですよ。だから、浅田さん、きちんと勉強なんかしなくていいですから。こうなると、対談じゃなくて、懇願だね（笑）。もう、ダメ！逃げようとしたって!!

浅田　いやー、まいったなァ……（笑）。

「青春と読書」二〇〇二年三月号掲載
（構成・小田豊二／写真・小池　守）

第六章

登場人物プロフィール

安吉一家の六人や彼らを取り巻く人々、
さらには各編に特別ゲストとして登場する
歴史的人物の横顔をみてみよう。
松蔵翁が解説する「天切り松用語集」他も収録。

登場人物相関図

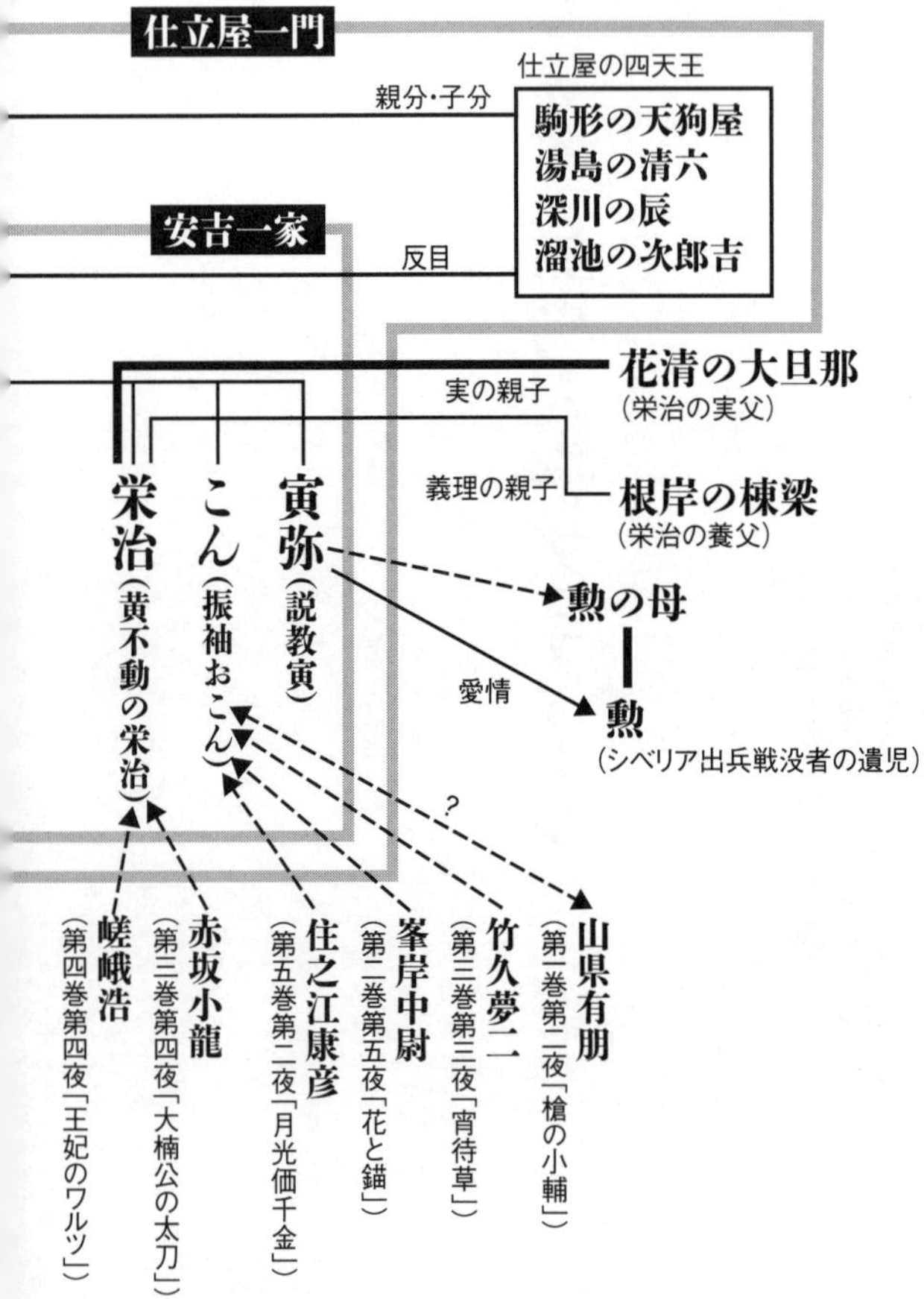
仕立屋一門
仕立屋の四天王
親分・子分
駒形の天狗屋
湯島の清六
深川の辰
溜池の次郎吉
安吉一家
反目
花清の大旦那
（栄治の実父）
実の親子
義理の親子
根岸の棟梁
（栄治の養父）
栄治（黄不動の栄治）
こん（振袖おこん）
寅弥（説教寅）
勲の母
愛情
勲
（シベリア出兵戦没者の遺児）
?
嵯峨浩
（第四巻第四夜「王妃のワルツ」）
赤坂小龍
（第三巻第四夜「大楠公の太刀」）
住之江康彦
（第五巻第二夜「月光価千金」）
峯岸中尉
（第二巻第五夜「花と錨」）
竹久夢二
（第三巻第三夜「宵待草」）
山県有朋
（第一巻第二夜「槍の小輔」）

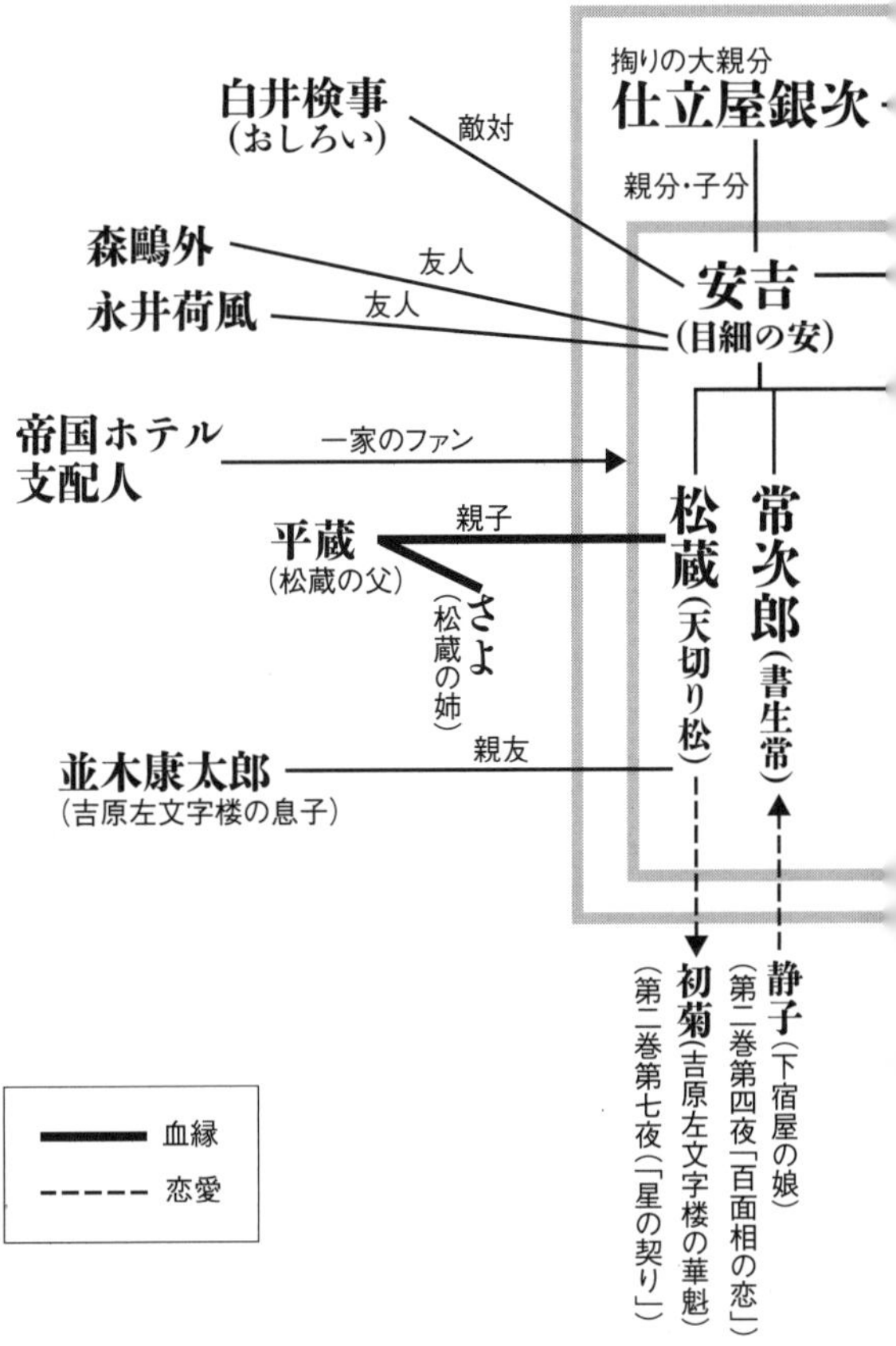

掏りの大親分
仕立屋銀次
親分・子分
白井検事
（おしろい）
敵対
森鷗外
友人
永井荷風
友人
安吉
（目細の安）
帝国ホテル支配人
一家のファン
平蔵
（松蔵の父）
親子
さよ
（松蔵の姉）
松蔵
（天切り松）
常次郎
（書生常）
並木康太郎
（吉原左文字楼の息子）
親友
初菊
（吉原左文字楼の華魁）
（第二巻第七夜「星の契り」）
静子
（下宿屋の娘）
（第二巻第四夜「百面相の恋」）
血縁
恋愛

松蔵（天切り松）

明治四十二年（一九〇九）東京の下谷生まれ。姓は村田。父親は飲んだくれの博奕《ばくち》打ち、病弱な母は貧乏のどん底で命を落とす。数えで九歳の年に父に連れられて抜弁天の安吉邸を訪れ、その場で引き取られ一家の部屋住みとなった。江戸の夜盗の華、屋根を切って館に忍び込む「天切り」の技を受け継いだ人物。「天切り松」の二ツ名は東郷平八郎から贈られた。

家族の縁にうすく、安吉を親と慕う。天下の目細一家の優しさと心意気は、少年の松蔵を一本芯の通った男に成長させていった。それは老いてなお揺るぎない。天涯孤独の身の上で、亡くなった姉の形見、鬼子母神《きしもじん》のお守りを肌身はなさず身につけている。

藍染の単衣物《ひとえもの》に股引《ももひき》という職人風の渋い身なりで夜更けの留置場にふらりと現れては、大正昭和の帝都に名を馳《は》せた「目細の安吉」一家のいなせな怪盗ぶりを語ってきかせる。留置人も看守も署長もこの松蔵翁の語りに夢中である。

「やい、若えの。こうして噂《うわさ》でもねえ騙《かた》りでもねえ本物の天切り松に出会ったおめえは果報者だ。悪党も伝馬町の出入りせえ勝手気儘《きまま》になるまでにァ、いってえどれほどのヤマを踏まずばなるめえものか、よおっく聞きゃあがれ――」（第一巻「闇の花道」）

安吉（目細の安）

明治十四、五年頃（？）の生まれ。姓は杉本。目細一家の頭目で、シックな洋装がよく似合う、盗賊のイメージからはかけ離れた紳士。財布から中味だけを抜き取る「中抜き」の名人、「目細の安に中抜きをかけられた」となればこれはめでたいと祝儀がとびかうほど江戸っ子に絶大な人気がある。それは技の芸術的な見事さだけでなく、義理を重んじ、損得抜きで弱きを助ける、その俠気《おとこぎ》にしびれるから。「目細の安吉は天下に仇《あだ》なす盗ッ人でござんすが、味方のいねえ人の味方でござんす」（第四巻「惜別の譜」）という言葉を全編を通してそのまま貫いている。

抜弁天の屋敷にいる時は四十そこそこの若さだが、仕立屋一門二千人の手下のなかでも抜きんでた大器量で同門の親分衆や官憲から銀次の跡目をとるよう強く求められる。それを断り、手下の五人を連れて、銀次を裏切った一門と決別する。安吉は子供の頃親に捨てられさまよっているところを、銀次に助けられたのだった。

「辛抱だよ、松。辛抱するんだ。おまえよりも私のほうがずっと悲しい。私よりも銀次親分のほうが、もっと苦しいんだ。自分よりも気の毒な人間のいるうちは、辛抱をしなけりゃいけない。上を見ずに、下を見て歩け。自分よりかわいそうな人間だけを、しっかりと見つめながら歩くんだよ」

（第三巻「銀次蔭盃」）

寅弥（説教寅）

明治十年深川生まれ。西郷隆盛の生まれかわりを自任。姓は河野。かつては仕立屋銀次の子分だったが、安吉の年若さを案じた銀次のはからいで目細一家の小頭におさまる。坊主頭に背丈は低いが、でっぷり肥えた迫力ある体格。稼業は強盗、忍び込む先は「この野郎はお天道様が許さねえ」と思うお大尽の屋敷。震え上がる主人にこんこんと説教するので二ツ名は「説教寅」。盗《と》った金は惜しげなく貧乏人に振舞うのが習い。

めっぽう短気で弟分たちにもしょっちゅう拳固《げんこ》をふるっているが、涙もろくて弱い者にはどこまでも優しい。松蔵が姉の身請けを相談したときも親身になって、ひと肌もふた肌も脱いでくれた。シベリア出兵で父を亡くした勲少年とその母を、分をわきまえて一線を保ちながら、ほんとうの家族のようにいつくしむ。日露戦争に軍曹として出征し、二百三高地で大勢の部下を死なせた体験に苦しみつづけ、戦争と軍人を心底嫌っている。毎夏、戦死した部下の家を訪ね歩き、線香を手向け、香奠《こうでん》を供えるのが習わし。昭和に入って勲に召集令状が来たときは男泣きに泣く。

「どんなやぶれかぶれの世の中だって、人間は畳の上で死ぬもんだ」

（第四巻「昭和俠盗伝」）

おこん（振袖おこん）

明治二十七、八年頃の生まれ（？）。九歳で親に捨てられた。その後、安吉に出会い、救われる。姓は沢之井《さわのい》。すらりとした様子のいい姿に、色白で目元が冴え、一流どころの芸者衆もかすむほどの物凄《ものすご》い美貌である。得意技は、大店《おおだな》の奥方や令嬢を的に真正面から紙入れを掏《す》り取る「玄《げん》の前《まえ》」。山県有朋の金時計や関東軍総司令官の金《きん》鵄《し》勲章も見事に的にかけた。

大変な毒舌家だが、激しい気性の底にはやわらかく優しい情が流れている。簡単に男に惚《ほ》れたりはしないが、いったん惚れたらとことん尽くす。困った人は見捨てておけず、照れかくしの毒を吐きながら、自分のやり方でさりげなく手をさしのべる。相沢中佐の妻や、婚家にひどい仕打ちを受けたフラッパアのお銀に対してもそう。「盗みは小手先でするものではなく、心意気で盗るもの」という安吉の教えを心に秘めた、仁義と俠気にあふれるめっぽういい女である。

「世の中に女房という女はたんとおりますけど、この振袖おこんは、あいにく一人きりなんですよ。ごめんこうむります」

（第二巻「花と錨」）

栄治（黄不動の栄治）

明治三十年生まれ。十七歳の年にその俠気を見込まれて安吉の子分になる。背中に宝珠をかかげ剣を握った不動明王（黄不動）の彫り物があることから、「黄不動の栄治」の二ツ名をとる。ハリウッド俳優ばりの風貌に百八十センチを超える偉丈夫、華麗な天切りの技とあいまって熱烈なファンが数多《あまた》いる。松蔵にとっては天切りの師匠であり、「あれぞ男のなかの男」と憧れている。

母は天下の政商、建設会社「花清《はなせい》」の女中で、そこの大旦那に手をつけられて子を孕《はら》む。そのまま出入りの大工に嫁に出され、産んだのが栄治だった。十四の年に自分の出生のいきさつを知り、どうにも了簡できない思いからこの稼業に入った。育ての父である根岸の棟梁は腕も気風《きっぷ》もいい江戸の大工。血こそつながっていないが、その男気をそのまま受け継いだ栄治は、棟梁を実の父のように思い、慕っている。

「さあな。俺も学校なんぞ行っちゃいねえから、よくはわからねえ。わかりゃしねえが、体は知っている。こうと決めたらとことんやれ。星勘定も銭勘定もするな。盗ッ人にせえ大臣《でえじん》にせえ、それが男の心意気ってもんじゃあねえのかい」

（第二巻「黄不動見参」）

常次郎（書生常）

松蔵のすぐ上の兄貴分で、目細一家の頭脳であり金庫番でもある。姓は本多。出自は謎に包まれているが、没落した旗本の子息らしい。東京帝大法科の学生を騙って本郷菊坂の学生下宿に暮らしているが、帝大の教授たちも偽学生と知りながら「十年に一度の秀才」と折り紙をつけるほど。

常次郎の別名は「百面相の常」。現在でいう詐欺の知能犯だが、その手法は華麗にして大胆。日頃はボサボサの頭にしがない貧乏書生のなりをしているが、ひとたび仕事となれば、皇族のお姫様から若き子爵、果てはフランス人まで変幻自在に姿をかえ、「籠脱《かごぬけ》」という大掛かりな手法で、鮮やかに大金をさらう。安吉親分が常を評していわく「あれで俠気がなけれァ、ただの化物だ」。

下宿屋の娘、御茶の水の女子高等師範に通う静子に惚れられている。その下宿屋が大銀行の追い立てにあったとき、義憤にかられた常は大仕事に挑む。

第四巻、第五巻では東京帝大の教授という触れ込みで、帝国ホテルに住んでいる。

「声になる言葉は、ぜんぶ嘘になってしまうような気がしてね。だから、心のうちは何も言いたくないんだ」

（第二巻「百面相の恋」）

さよ　「白縫華魁」「衣紋坂から」他

松蔵より四歳年上の姉。色白の器量よし。下谷の破《や》れ長屋で病気の母を介抱し、弟にひもじい思いをさせないように懸命にがんばっていたが、母が死んだあと、数えで十三の年に博奕で借金を抱えた父親に吉原の遊廓に売られる。

四年後に松蔵が再会した時には、「白縫」の名で吉原きっての売れっこになっていた。松蔵はさよを何とか廓《くるわ》から救い出そうと、寅弥にひと肌脱いでもらうが、身請けが叶《かな》ったときは、時すでに遅くスペイン風邪に冒されていた。

「ありがとう。ありがとうね、松蔵。ねえちゃん、おまえのことだけは自慢していいね。酒飲もうが博奕を打とうが、ねえちゃんの体をかたにして持ってけるものなら、いくらだって持ってきゃいいんだ。ねえちゃん、一生けんめい働くから。働いて働いて、ぼろぼろになって投げ込み寺にうっちゃられたって構やしないから」

（第一巻「衣紋坂から」）

平蔵　「闇の花道」「春のかたみに」他

松蔵の父。酒と博奕で身を持ちくずし、病身の妻をろくに医者にも見せずに死なせてしまう。大借金をかかえ、さよを吉原に売り飛ばす。賭場のいざこざで網走監獄に収監されていた時に仕立屋銀次に取り入り、銀次の口ききで松蔵を当時抜弁天にいた安吉邸に連れていく。しばらく預けるだけのつもりが、平蔵の本性を見抜いていた銀次の意向で親子の縁を切ることになる。最期は妻の遺骨を抱えたまま、待乳山《まっちやま》の野宿場《おかんば》で病死する。
「かかあを死なして娘を女郎屋に叩き売って、今度は倅《せがれ》を盗ッ人の修業に出すたァ、ハハッ、とんだ父親《てておや》もいたもんだ。閻魔《えんま》様だって開いた口が塞がらねえだろうぜ」
（第一巻「闇の花道」）

根岸の棟梁　「百万石の甍《いらか》」「黄不動見参」他
栄治の養父。栄治を心底可愛《かわい》がって育て、栄治もそんな棟梁をほんとうの父と思っている。腕も気もすこぶるいい大工。手がけた家屋は大震災の時にもビクともしなかった。時間さえあれば、余った材木を担いであちこちの貧乏長屋を修理してまわっている。
「こちとらまだ盗ッ人の施しを受けるほど老いぼれちゃあいねえ。また大川にほっぽっちまうだけだぜ。親にくれる銭があったらよ、吉原へでも繰り出して男を磨いてきやがれ、このうすらとんかち」
（第一巻「百万石の甍」）

栄治宅の大家　「百万石の甍」「大楠公の太刀」他
幕末に八丁堀の同心だったという老人。西南の役で別府晋介《べっぷしんすけ》の首を挙げたの挙げないのという武勇伝が自慢。栄治のおかげで仁清《にんせい》の雉子香炉《きじこうろ》や小龍景光《こりゅうかげみつ》の姿を間近に拝むことができ、長生きはするもんだと喜んでいる。昭和に入って栄治が肺を病んで武蔵野のサナトリウムに入院すると、付添人を買って出て、かいがいしく世話をしている。

「聞かしてくれ、黄不動。俺ァ、おめえの仕事っぷりだけが生甲斐なんだぜ。な、松っちゃんも、俺を捕方だなんぞと思わずに」　（第四巻「昭和俠盗伝」）

並木康太郎　「白縫華魁」「衣紋坂から」「道化の恋文」他

松蔵の親友。吉原左文字楼《さもんじろう》の息子で、慶応中学に通うお坊ちゃん。松蔵とは出自も暮らしぶりも全く異なるが妙に気があい、学校帰りに上野で待ち合わせては、いっしょに遊んでいる。その心意気には口の悪い寅弥も「この野郎、ただのうらなりかと思ったら、案外俠気がありそうじゃあねえか」と言うほど。廓で生きる女たちの哀しみを間近にみつめ、おっとりと育ちのいい振舞いや言葉のなかにも、社会の矛盾に対するいきどおりと、どうすることもできない自分への哀しみが流れている。

「一高に行って帝大に行って、法学博士になっても大臣になっても、仁太《じんた》はサーカスの子だって言われるんか。そんな理不尽があってたまるもんか。努力の分だけ尊敬されなかったら、世の中に偉いやつなんて、ひとりもいやしない」　（第三巻「道化の恋文」）

四代目中村燕蔵　「白縫華魁」「星の契り」

康太郎の自慢のおじさん。本来なら左文字楼の跡取りになるべきところを、芝居好きが高じて、浅草の歌舞伎小屋の立女形《たておやま》になった。松蔵が左文字楼の初菊の初見世《はつみせ》の客になりたいと無理な相談をしたときに力になってくれた。

「勘当も解けぬまま敷居をまたいじまったうえに、家を売るようなこんなまねをしちまって、あたしァ地獄に落ちたら二度勘当だよ」

（第二巻「星の契り」）


初菊　「星の契り」

左文字楼で禿《かむろ》から一本立ちの華魁《おいらん》になろうとしている十六歳の少女。松蔵は彼女にひとめ惚れし、何とか自分が初見世の客になりたいと康太郎に相談をもちかける。

「きれいなお星さま。今夜はかささぎのお世話にならなくたって、天の川は渡れますね」

（第二巻「星の契り」）


静子　「百面相の恋」

常次郎が暮らしている本郷菊坂の下宿屋の娘。御茶の水の女子高等師範に通う才媛。好意を見せながらもいっこうに態度をはっきりさせない常次郎に苛立っている。

「ねえ、お願い。愛してると言って下さいまし」

（第二巻「百面相の恋」）

勲　「初湯千両」「昭和俠盗伝」
大正半ばのある年の大晦日、湯屋の前で湯銭を落として泣いているところを寅弥と出会う。父は職業軍人でシベリア出兵で戦死した。寅弥は勲をわが子のように可愛がり、勲母子を影になり日向になり助けるようになる。成長して腕のいい旋盤工になった勲が昭和に入って出征を余儀なくされた時、寅弥は、絶対に生きて帰ってこいと諭す。

「ちがわい。おとっちゃんはシベリアで死んじまった」

（第三巻「初湯千両」）

勲の母　「初湯千両」「昭和俠盗伝」

職業軍人だった夫を亡くしたあと、貧しい暮らしを強《し》いられているが、気丈に生きている誇り高い女性。初対面の寅弥が差し出した金をきっぱりと突き返した。寅弥は心底惚れているはずだが、羽織の袖にも触れないように、身を慎んで接している。

「軍人の子が、父を矜《ほこ》りにして何がいけないのですか」

（第三巻「初湯千両」）

峯岸中尉　「花と錨」

海軍中尉。銀座尾張町の交差点で目にしたおこんにひとめ惚れし、無骨さゆえにどのように気持ちを伝えていいかわからず、ところかまわずつけまわし、一時はおこんに変質者と誤解される。正式にプロポーズした手紙は安吉親分も「男ん中の男がはらをくくった代物だ」と言わしめるほど。真っ直ぐな人柄はおこんの心も動かした。

「こういうことはきちんと手順を踏み、仲人なりを立てて正式に申し込むものです。しかしながら、私には時間の余裕がないのです」

（第二巻「花と錨」）

赤坂小龍　「大楠公の太刀」

　栄治の幼なじみで、三越のポスターにもなった東京一の芸者。まだ幼い禿の頃に伊藤博文の膝に抱かれ、楠木正成の愛用の刀で、明治天皇の軍刀にもなった「小龍」の名を与えられた。肺を病み、死の間際にある小龍に、その名前の由来となった御物「小龍景光」を見せてやりたいと、栄治が安吉や森鷗外まで巻き込んで大仕事に挑む。

「たとえ胸がつぶれたって、あたしァその名に恥じぬ小龍のまんま死にとうございます。なら、あにさん。大好きなあにさん。後にも先にもこの一声もちまして、お情の数々、ご免こうむります」

（第三巻「大楠公の太刀」）

石堂是光　「大楠公の太刀」

　江戸時代の幕府の御用鍛冶《かじ》、石堂《せきどう》一門の名刀匠。明治に入って廃刀令が出されたあとは神田鍛冶町の裏路地で、表向きは包丁鍛冶だがひそかに名刀の写しを打っている。

「日本中の目利きをみごと欺《だま》くらかしたって、小龍てえその芸者だけは欺しちゃならねえ。やい黄不動。てめえも天下の職人なら、横着な仕事はするな。男だったら筋の通らん嘘はつくんじゃあねえ」

（第三巻「大楠公の太刀」）

花谷仁太　「道化の恋文」

　樫山サーカスの名道化チャーリー・ハナのひとり息子で府立一中に通い、器械体操の天才でもある文武両道の少年。青山の公園で鉄棒の練習をしていて、松蔵、康太郎と知り合う。子爵令嬢から恋文をもらい、このふたりに相談を持ちかける。

「おいらは、おとっつぁんがお客さんからいただくおひねりで、中学に通わしてもらってます。だからちゃんとお医者や団長の言うことを聞いて、おいらが一人前になるまで、道化を張って下さい。そしたらおいら——きっと、偉い男になるから。誰からも笑われねえ、立派な人間になってみせるから」

（第三巻「道化の恋文」）

志乃　「昭和俠盗伝」他

寅弥が軍隊にいた頃の部下の娘。二十一歳の若さで夫を日中戦争で失った。安吉が引き取り、松蔵と添わせようとしている。

「これからは、せいぜい贔屓にさしていただきます」

（第四巻「昭和俠盗伝」）

帝国ホテル総支配人　「昭和俠盗伝」

昭和に入って書生常が暮らしている帝国ホテル・ライト館の総支配人。生粋の江戸っ子らしく、目細の一家の大ファン。嵯峨《さが》浩《ひろ》のための舞踏会を邪魔立てした国粋主義者をきっぱりと追い返す俠気もある。

「もし手前どものまちがいでしたらご容赦下さいませ。お客様は……もしや、黄不動様では」

（第四巻「王妃のワルツ」）

お銀　「尾張町暮色」

おこんのかつての妹分。大正時代にモダンガールの装いで掏《す》りを働く手口でいっとき鳴らしたが、玉の輿に乗って稼業から足を洗った。その後婚家から追い出され、銀座で掏りを働き捕まりそうになったところを、偶然いあわせたおこんが救いの手をだす。

「フラッパアだから、子供も産めぬ体になってるんだろうって、あの人に言われたの。私、そんなんじゃないよ。フラッパアのなりをしていたのは、そのほうが仕事しやすいからさ。あの人のほかには、男だって知らないんだ」

（第四巻「尾張町暮色」）

白井検事　「闇の花道」「目細の安吉」

東京地検の辣腕検事。目細一家は彼を「おしろい」と呼ぶ。安吉に仕立屋銀次の跡目を継ぐことを求め、安吉がそれを断ると策略で銀次を網走監獄に逆送する。その後、警察すら収拾をつけられなくなった一門をまとめるように、再三にわたって安吉に申し入れる。安吉のことを本名で杉本さんと呼ぶのは白井検事だけ。

「ねえ杉本さん。あなたはそれだけの人物だ。いつまでもあんな化物に義理立てすることはありますまい。これを機会に親分衆とも正式に盃を直すのです。抜弁天の子分として直ることを、みんな内心は望んでいるのですよ」

（第一巻「闇の花道」）

ブリュネ神父　「薔薇窓」

青山のカトリック教会のフランス人神父。来日数十年。安吉は「一等近くの神仏」だからとブリュネ神父の教会へ盆暮の寄進を欠かさない。しかしそれだけではない理由があることをはからずも松蔵は知ることになる。ブリュネ神父と安吉は深い信頼で結ばれ、ある日、神父は安吉にしか果たせない頼みごとを持ちかける。

「体は救えなくとも、魂は救えます。それができなければあなた、わたくしには何の値打もない」

（第五巻「薔薇窓」）

千代子　「薔薇窓」

口入れ稼業で財をなした「矢筈《やはず》の長次」の妾《めかけ》。九歳で製糸工場に奉公に出されたが工場の人減らしにあい、だまされて深川の遊廓に売られ、大震災で深川が焼けた後は玉の井の私娼窟《ししょうくつ》で客をとっていた。人を人とも思わない長次に囲われた千代子の支えは、週に一度訪れる教会の薔薇窓と、村を出るときに見送ってくれた常石先生の言葉だった。

「あんたはあたしに惚れてなんかいない。あたしもあんたなんかに惚れてやしない。あたしが好きなのはこの人だけだ」

（第五巻「薔薇窓」）

映子　「ライムライト」

浅草の映画館、帝国館の映写技師の娘。父が応召したため、母はカフェの女給勤めで暮らしをたてていた。チャップリンの大ファンで『街の灯』の公開を心待ちにしている。チャップリン来日の雨降る夜、帝国館の前でしゃがみこんでいた映子に寅弥が声をかけ、行きつけの喫茶店のマダムから映子の身の上を聞くことになる。

「あたし、そんなんじゃないよ。おとっちゃんじゃなくって、チャップリンを待ってたんだ」

（第五巻「ライムライト」）

シャッポの新吉　「男意気初春義理事」

仕立屋一門・天狗屋《てんぐや》の子分。網走監獄に収監中、仕立屋銀次の臨終を見とり、それを一刻も早く安吉に知らせたいと、あと数ヵ月で終わる刑期が待てず脱獄したのだ。軍隊毛布に身をくるみ、浮浪者と見まがうほどに成り果てて、安吉一家が暮らす鳥越の長屋にたどりついた新吉。その男気に安吉はじめ一家の面々は深く感じ入る。

「後生一生のお願いでござんす。目細の親分にひとめお会いできましたのなら、私《あつし》ァこの足で自首いたしやす」

（第五巻「男意気初春義理事」）

住之江康彦　「月光価千金」

住之江財閥の当主を継いだばかりの若き男爵。慶應出でアメリカ帰り。長身のハンサムと非の打ちどころがない青年。銀座でおこんにひと目ぼれ。毎晩待ちぶせした挙句にいきなりプロポーズする。

「変態と思わないで。ほかの理屈は何もありません。私と結婚して下さい」
（第五巻「月光価千金」）

勘兵衛「箱師勘兵衛」

列車を仕事場にする伝説の「箱師」として明治の世に知らぬ者のなかった男。明治四十二年の大検挙をきっかけに引退したらしい勘兵衛に、寅弥と松蔵は昭和のはじめのある日、信越線の車中で出会う。草津の湯に浸かりにゆくという勘兵衛は楽隠居風の上品な老人。寂しい末路を見る盗人が多い中、その幸せそうな暮らしぶりに松蔵は驚く。

「あいにく、まだ熟れてねえんだ。赤羽を発車したぐれえがちょうどいい」
（第五巻「箱師勘兵衛」）

田中うめ「箱師勘兵衛」

寅弥のかつての部下、二百三高地で戦死した田中一等卒の未亡人。関東大震災で行方知れずになっていたが、信州・佐久で暮らしていることがわかる。寅弥が訪ねてゆくと、前と変わらぬ美しさだったが、なぜか二人の遺児の姿はなく、よからぬ男と所帯を持っていた。

「河野さんにはこんなによくしていただいたのに、私には何もできないから」
（第五巻「箱師勘兵衛」）

仕立屋銀次《したてやぎんじ》（一八六六―一九三五？）

明治時代に活躍した掏りの大親分。江戸の銭湯の息子だった。本名富田銀蔵。仕立屋に奉公していたが、二十一歳で自分の店を日本橋蠣殻町《かきがらちょう》にかまえる。店に裁縫を習いにきていたおくにと結ばれるが、彼女の父親が清水の熊という掏りの大親分だった。明治三十年（一八九七）に跡目を継ぐことになり、「仕立屋銀次」を名乗ることに。

人をひきつけ、集団をまとめあげる才覚は抜群だったようで、跡目を継ぐ前から義父の手下にも一目おかれていたらしい。明治四十二年の一斉検挙で逮捕され、懲役七年を求刑された。その後も大正六年に入獄するが、晩年は堅気の職に就いた子供たちの世話になり、穏やかに暮らしたという。

物語では、刑期より早く網走監獄を放免された直後、官憲の策略と手下の裏切りで網走に逆送され、銀次はこれを安吉が仕組んだことと誤解してしまう。

「天下の大器量を、俺ァ盗ッ人にしちまった」

（第三巻「銀次蔭盃」）

山県有朋《やまがたありとも》（一八三八―一九二二）

陸軍軍人（元帥）、政治家。長州の下級武士の家に生まれる。名は小輔、狂介を名乗り、維新後に有朋と改名する。軽い身分ゆえ槍の稽古に励み、将来は槍術《そうじゅつ》で身をたてようと考えていた。文久三年（一八六三）、長州藩奇兵隊の軍監となり、慶応二年（一八六六）の第二次征長戦争で幕軍と戦った。戊辰戦争（一八六八―九）にも参戦。維新後は渡欧して各国の軍事制度を学び、帰国後は参謀本部を設置するなど軍制の整備、徴兵制の制定に着手した。その後も西南戦争などに参戦。大久保利通《おおくぼとしみち》ら同年代の多くが早く死去したこともあり、内相、陸軍大将、枢密院議長と政治、軍事の重職を歴任した。晩年は藩閥政治への反発が高まり、寂しい境涯にあったという。作中では、山県の金時計を玄の前にかけた、おこんとのつかの間の邂逅《かいこう》が描かれる。

「おまえは、わしを長州の芋侍と呼んでくれた。わしにとって、それにまさる誉れはない。一介の武弁で死ぬるは本望じゃ。このような気持ちになれたのも、みなおまえのおかげじゃよ。さあ、去ね。槍は、忘れずに持って行け」

（第一巻「槍の小輔」）

森《もり》鷗外《おうがい》（一八六二―一九二二）

島根津和野藩の典医の家に生まれる。本名林太郎。十九歳で東京帝大医学部を卒業後、陸軍軍医となる。明治十七年（一八八四）から四年間、ドイツに留学して衛生学を学んだが、夜はゲーテ全集、レクラム文庫など独文学、哲学書を多読した。この間の体験が、のちに『舞姫』などに結実する。帰国後は雑誌「しがらみ草紙」を創刊し、本格的に文学活動をはじめる。陸軍軍医としての職務と、作家活動との相克が鷗外独自の文学世界をつくりあげたともいわれる。退役後は宮内省帝室博物館総長兼図書頭に就任。第三巻「大楠公の太刀」では、安吉の頼みをひきうけ、鷗外ならではの采配を見せてくれる。

「歩きやすい大通りばかりを歩いてはおらずに、往々径《こみち》に立ち寄ってさまざまの雑学を弄《もてあそ》んだ。私はそういう抽斎がうらやましくてならない。国家の言うなりに、なさねばならぬ仕事ばかりに追いまくられた結果がこれだ。御両君とも、よい仕事をなし、よりよい人生を送りたくば、けっして お上に与《くみ》してはならんよ」

（第三巻「大楠公の太刀」）

永井荷風《ながいかふう》（一八七九―一九五九）

東京生まれ。本名壮吉。東京外国語学校在学中に落語家や作家を志す。落語家は父の反対で断念したが、ゾラに傾倒し二十代初めに執筆した小説『地獄の花』などが注目を集める。明治三十六年（一九〇三）から約五年間、アメリカ、フランスで公使館勤めなどをしながら外遊する。帰国後『あめりか物語』『ふらんす物語』『すみだ川』等を次々と発表し、一躍流行作家となった。明治四十三年より慶應大学教授に。大逆事件（一九一〇）以後は日本の近代にいっそうの虚無感を感じ、江戸時代の戯作者の態度に倣おうとしたという。江戸の風情を残す東京の町を歩く様子が『日和下駄』など多くの随筆に窺《うかが》える。鷗外を敬愛し、自宅でひとり息をひきとった時、そばに開かれたままの『渋江抽斎』があった。

作中では安吉一家と親しくつきあい、松蔵にもなにかと親身になってくれる。荷風先生からもらったパリの写真帖は松蔵の宝物だ。

「ああ、それからひとつだけ言っておくが、パリに桜はないよ」　（第二巻「春のかたみに」）

竹久《たけひさ》夢《ゆめ》二《じ》（一八八四—一九三四）

岡山県生まれ。本名茂《も》次《じ》郎《ろう》。早稲田実業在学中に雑誌にコマ絵を発表、徐々に世に認められるように。美術学校には通わず独学で学び、独自の画風を作りあげた。モダンで叙情性にあふれる作品は人々の心を広くとらえ、絵画だけでなく、絵葉書や手ぬぐいなどの雑貨、本の装丁、浴衣のデザインまで手がけ大人気を博した。松蔵いわく「あのころ、世の中の女てえ女は、みんな懐や財布の中に、たとえ千代紙の切れっぱしだって、夢二の手になるきれいな紙を忍ばせていたもんだ」。大正モダンを象徴する人物のひとりである。

ロマンスも数多く、なかでも作中で語られる彦乃《ひこの》は、夢二最愛の女性といわれる。

「芸術は生活の中になくてはいけないと思っていますから。サロンに飾る芸術なんて意味はない。どんな貧しい暮らしの中にも、美しいものがなくてはいけないんです。絵葉書、千代紙、便箋、封筒。もっともっと、鍋釜にも、椅子にも蒲団にもね、誰の身の回りにもある品物に、芸術性がなくてはならないって思ってます」

（第三巻「宵待草」）

犬養毅《いぬかいつよし》（一八五五―一九三二）

安政二年、備中国《びっちゅうのくに》に生まれる。父は備中庭瀬藩士であった。明治八年（一八七五）に上京し、慶應義塾に学ぶ。明治十五年、立憲改進党の結成に加わり、政治家としての道を歩みはじめる。また「朝野新聞」他、論壇でも活躍する。代議士としては明治二十三年第一回総選挙から連続十八回当選。

一貫して憲政擁護運動、普通選挙運動に取り組み、「憲政の神様」と称される。昭和四年（一九二九）、政友会総裁となる。

昭和六年、首相に就任するが、翌年五月十五日、海軍将校、陸軍士官候補生らが蜂起したいわゆる「五・一五事件」で暗殺される。第五巻「ライムライト」では、史実として伝えられているように、銃を向ける軍人たちに肝のすわった言葉をかけた。

「まあ、急ぎなさんな。引金はいつでも引けるのだし、靴を脱いで話をしようじゃないか。どのようなことであれ、話してわからぬはずはない」

（第五巻「ライムライト」）

東郷平八郎《とうごうへいはちろう》（一八四七―一九三四）

海軍軍人（元帥）。薩摩藩出身。薩摩藩士として薩英戦争、戊辰戦争に従軍した。明治四年（一八七一）から八年間英国に留学、海軍士官学校への入学は許可されなかったため、商船学校などで学んだ。帰国後は軍艦「天城《あまぎ》」「比叡《ひえい》」などの副艦長、艦長を皮切りに、海軍の要職に次々と就いた。日清戦争には巡洋船の艦長として参戦。

日露戦争に際して連合艦隊司令長官に抜擢《ばってき》され、明治三十八年の日本海海戦でロシアのバルチック艦隊を全滅に至らせた。東洋の島国が先進の大国を破ったというニュースは世界を驚かせ、「東洋のネルソン」として讃えられた。生涯にわたり国民的な人気のもと、海軍の重鎮として君臨しつづけた。

第四巻「昭和俠盗伝」では、最晩年の東郷に、松蔵がさしで向かいあう。写真の東郷の胸にある「大勲位菊花章頸飾《けいしょく》」が物語で重要な役割をになう。

「勲《いさおし》は、軍服の胸を飾るものではない。しっかと男の胸に括《くく》りつけよ。目に見えるお宝など、たかが知れちょる」（第四巻「昭和俠盗伝」）

相沢三郎《あいざわさぶろう》（一八八九—一九三六）

陸軍軍人（中佐）。宮城県生まれ。昭和十年（一九三五）八月十二日、陸軍省軍務局長室で皇道派に与する相沢が、対立する統制派のリーダーである軍務局長永田鉄山を殺害した。（「相沢事件」）。

明治四十三年、陸軍士官学校卒で、当初は歩兵将校として国内、台湾の連隊を転々とする。昭和に入ってからは学校で軍事教練を担当する配属将校となった。事件が起きたときは福山の四十一連隊付、一ヵ月後には台北商業学校の教官として台湾に転属されることが決まっていた。昭和十一年七月三日、銃殺刑に処される。

第四巻「日輪の刺客」では事件前日から当日が、同「惜別の譜」では処刑前日の相沢とその妻が描かれている。

作中で妻に残した遺書は、相沢本人が書いた原文のまま。

「和以は三郎と一体であります。御前の考へ通り凡《すべ》て処理奉仕せよ。（中略）和以とは米子のことなり」

（第四巻「惜別の譜」）

永《なが》田《た》鉄《てつ》山《ざん》（一八八四—一九三五）

陸軍軍人（中将）。長野県生まれ。明治三十七年（一九〇四）に陸軍士官学校、同四十年陸軍大学校卒業。幼年学校から首席を通した秀才だった。陸大卒業後は軍事研究のためドイツに留学、その後デンマーク、スウェーデンに駐在。

スイス公使館付駐在武官だった大正十年（一九二一）、陸士同期の東条英機らとドイツのバーデン・バーデンに会し、旧弊な軍閥がはびこる陸軍の改革を誓い合ったといわれる。ずばぬけた頭脳に闊達《かったつ》な人柄もあいまって将来の陸相候補と目され、帰国後も軍務官僚のエリートコースを着実に歩んだ。

総力戦にむけて国家総動員体制の整備をすすめ、統制派のいわば頭目であった。作中では、暗殺当日の朝、帝国ホテルで書生常に思いのたけを語る。

「改革をなそうとする者が、命を惜しんではなりますまい。生き永らえて志を遂げるも天命、道なかばにして斃《たお》れるのもまた天命です。そんなことは、明治維新の先人方がなした大業を見てもわかるでしょう」（第四巻「日輪の刺客」）

愛新覚羅溥傑《あいしんかくらふけつ》（一九〇七〜一九九四）・嵯峨浩《さがひろ》（一九一四―一九八七）

満州国皇帝溥儀の弟溥傑と嵯峨侯爵家の長女浩は、一九三七年四月結婚。関東軍が仕組んだ政略結婚だったが、夫婦関係は大変円満だったという。戦後は溥傑が撫順《ぶじゅん》の収容所に入れられ、十六年の別離を経て再会。その後は終生北京でともに暮らした。第四巻「王妃のワルツ」では浩の天衣無縫なお姫様ぶりが魅力。

「没法子《メイファーツ》。どうしようもない話ですわ。殿下はどうして、運命に抗おうとはなさらないのですか」

「ですから私に残された方法は、浩さんを心から愛することだけなのです。よろしいですか、浩さん。もしあなたと私が愛し合えば、没法子《メイファーツ》は何もない。理不尽は何もない。それが私の抵抗です」

（第四巻「王妃のワルツ」）

清水《しみず》の小政《こまさ》（一八四三―一八七七？）

幕末から明治にかけて活躍した侠客《きょうかく》、清水次郎長一家四天王「次郎長、大政小政、森の石松」といえば、数々の映画や芝居、浪曲になった人気者。小政は身長百五十センチと小柄だが、居合い抜きの達人で喧嘩にめっぽう強かった。三十四歳で獄死したとされているが、作中では、実は一本独鈷《いっぽんどっこ》の渡世人として生きのびていたという設定で七十八歳の小政が現れる。

「男てえのは、理屈じゃあねえ。おぎゃあと生まれてからくたばるまで、俺ァ男だ、俺ァ男だと、てめえに言いきかせて生きるもんだ。よしんばお題目にせえ、それができれァ、理屈は何もいらねえ」

（第二巻「切れ緒の草鞋」）

岡本文弥《おかもとぶんや》（一八九五―一九九六）

第二巻「星の契り」で、松蔵は念願かなってひとめ惚れした左文字楼の初菊の初見世の客となる。松蔵が初めて女性と過ごしたその夜ふけ、新内流しが窓の外を通る。初菊が「天神下の文弥さん。とてもいい声なの」と呼びとめ、「明烏《あけがらす》」をきかせてもらう。

この文弥さんとは、百一歳で亡くなった新内節の岡本文弥氏のこと。

「どうした縁で彼の人に　逢うた初手《しょて》から　可愛さが　身にしみじみと惚れぬいて　こらえ情《じょう》なき　なつかしさ　人目の関の夜着のうち　あけてくやしき鬢《びん》の髪　なで上げ　なで上げ　ノウ松蔵さん――」

（第二巻「星の契り」）

チャールズ・チャップリン（一八八九―一九七七）

英国ロンドン生まれ。映画史に不朽の名を刻む喜劇王。芸人だった両親は早くに離婚、孤児院に送られるなど不遇な少年時代を送る。十歳で劇団入団。パントマイムの端役から頭角を現す。アメリカ公演の際に映画製作者の目にとまったことから一九一四年映画界デビュー。お馴染の山高帽、ドタ靴、チョビ髭《ひげ》、ダブダブのズボンといったスタイルはこの頃できあがったもの。一九二〇年代以降は『黄金狂時代』『モダン・タイムス』『チャップリンの独裁者』といった時代批評が横溢した作品を次々に発表する。『殺人狂時代』（一九四七年）が米政府の「赤狩り」の対象となり、一九五二年米国追放。スイスに移住し、その地で八十八歳の生涯を終えた。プライベートでは結婚、離婚を繰り返すなど奔放な一面を見せた。親日家として知られ、四度（三二年、三六年は二度、六一年）来日した。

「芸術が宣伝？――ノー、ノー、本来は庶民の娯楽であるべき芸術に、主義や主張があってたまるものですか」

（第五巻「ライムライト」）

コーノ（一八八五―一九七一）

チャップリンの日本人秘書、高野虎市《こうのとらいち》。広島県安佐の名家に生まれる。子供の頃からアメリカに憧れ、十五歳のときに親戚を頼って渡米。ポーターや商店の従業員、運転手として働く。一九一六年、チャップリンの運転手に採用され、以後十八年にわたってチャップリンの右腕として献身した。三二年の来日の際は、不穏な社会状況からチャップリンを守ろうと手を尽くしたことが伝えられている。

「いったい何とお礼を申し上げてよいやら。私はこういう立派な日本人に背を向けて渡米したことを、きょうほど恥ずかしく思ったためしはありません」　（第五巻「ライムライト」）

松蔵翁による「天切り松　闇がたり」用語集

闇がたり

「今じゃ誰も使わねえが、こいつァ闇がたり、ってえ職人の声でござんすからね。（中略）六尺四方から先へは届かねえっていう、夜盗の声音《こわね》です」（第一巻「闇の花道」）

天切り

「夜盗《ノシ》の中でも天切りてえ芸当は、屋根に登って瓦をおっぱずし、天井裏から棟木づたいに忍び込むてえ職人芸だ。ご金蔵の南京錠《ナンキンじよう》も、雨戸にかかったしんばり棒せえそのまんま、密室の中からお宝だけが煙のように消えてなくなるてえ寸法よ」（第一巻「百万石の甍」）

中抜き

「中抜きてえのは大江戸以来の掏摸《すり》の荒技、これを使える職人といやァ、大正もなかばのそのころにゃ、すでに二人といなかった。ほんのすれちがいざまに的の懐から財布を掏り取り、中味をそっくり抜いて、空財布だけを元の懐に戻す。中だけ抜くから中抜きだてえ、口で言うのは簡単だが、あれァこの目で見た者でなけれァ信じろったたって信じられねえ」（第二巻「目細の安吉」）

玄の前

「帯にはさんだ紙入れを、真正面から抜き取るてえ芸当だ。何のしかけもありゃしねえ。すれ違《ちげ》えざまに、こう、後《おく》れ毛《げ》でもかき上げるふうにすっと手を上げたと思ったら、もう仕事は済んでいた。おしとやかな振袖ばかりか、威勢のいい鉄火芸者だって気付かねえ。玄人《くろうと》でも気付かねえから、玄《げん》の前《まえ》よ」（第一巻「槍の小輔」）

籠脱

「たしかにこの手口は、籠脱てえ詐欺の手口だ。立派な会社や役所やホテル、そういう信用のできる場に罠を仕掛けて、的を呼びこむ。ただしこの手口は、仕掛けが小せえほどバレやすい。でかけりゃでけえほどバレにくい。でけえ仕掛けをこしらえるのにァ、それ相応の胆力てえもんが要る」（第二巻「百面相の恋」）

品上げ

「金時計《キンマン》でも飾り物でも、サツから返せといわれた物は返す。そのために台帳は親分がきっちりと付けていた。誰が、どこそこで、どんな風体のやつから掏り取ったか。いつ、どこのお屋敷からかっぱらってきたか。物は一月《ひとつき》の間は捌《さば》かずに、親分の手元に置いてあった」（第二巻「目細の安吉」）

天切り松年表

大正六年（一九一七）（松蔵九歳）
ロシア二月革命
春、松蔵の姉さよ、吉原角海老楼に売られていく。（第一巻「白縫華魁」）
夏、松蔵、父平蔵に連れられ、安吉の抜弁天の屋敷を訪れる。安吉に引き取られ、一家の部屋住みとなる。（第一巻「闇の花道」）

大正七年（一九一八）（松蔵十歳）
ロシア十月革命
白井検事、安吉に仕立屋銀次の跡目を継ぐよう求めるが、安吉断る。
四月、仕立屋銀次が網走監獄を出獄するも、上野駅に到着直後、網走に逆送される。安吉一家、その日のうちに抜弁天の屋敷を出て、鳥越の棟割長屋に居を移す。以後、官憲、仕立屋一門と袂を分かつ。（第一巻「闇の花道」）
八月　シベリア出兵
十一月　第一次世界大戦終結。戦争特需による好景気続く。

大正八年（一九一九）（松蔵十一歳）
二月、安吉、松蔵をともない網走に赴く。網走監獄の懲罰房で病み衰えた銀次に面会する。（第三巻「銀次蔭盃」）
六月　ヴェルサイユ条約調印（前年からの好景気続く）

大正九年（一九二〇）（松蔵十二歳）
元旦未明、寅弥、陸軍大臣篠原勇造邸に押し込む。奪った千円を勲母子が住む破れ長屋に投げ込む。（第三巻「初湯千両」）

大正十年（一九二一）
（松蔵十三歳）

一月　国際連盟発足　三月　株式市場暴落
前年の年の瀬、網走を脱獄したシャッポの新吉の知らせで、安吉一家、仕立屋銀次の獄死を知る。安吉、元旦の浅草・伝法院で銀次の葬儀をおこない、世間の度肝を抜く。（第五巻「男意気初春義理事」）
三月　足尾銅山争議
春、松蔵、上野で吉原左文字楼の息子、並木康太郎と知り合う。康太郎に頼んで吉原を訪れた夜、白縫華魁となった姉さよを目にする。（第一巻「白縫華魁」）
十二月、寅弥、さよの馴染み客山本唯三郎に押し入り、五千円を強奪。さよ、寅弥に身請けされるが、スペイン風邪で危篤状態。松蔵の背中で息をひきとる。（第一巻「衣紋坂から」）

大正十一年（一九二二）
（松蔵十四歳）

二月　ワシントン条約成立
桜の頃、松蔵の父平蔵、待乳山の野宿場で死ぬ。（第二巻「春のかたみに」）
四月、栄治、森鷗外の協力を得て、帝室博物館表慶館を天切り。（第三巻「大楠公の太刀」）
七夕の日、松蔵、左文字楼の初菊と初めての夜を過ごす。（第二巻「星の契り」）
七月　森鷗外没
松蔵、浅草で掏りを働こうとしてしくじり、留置場に入れられる。

栄治の実父である花清の会長が前田侯爵を間に立て、栄治と復縁を求めてくる。年の瀬、栄治、前田侯爵邸から仁清の雉子香炉を盗み出す。この夜、前田邸の屋根に聳え立つ栄治の姿を見て、松蔵、天切りに憧れる。（第一巻「百万石の甍」）

十二月　ソビエト連邦成立

大正十二年（一九二三）（松蔵十五歳）

夏、栄治、松蔵をともない滝野川の洋館に天切りをかける。松蔵の天切り修業はじまる。（第二巻「黄不動見参」）

九月　関東大震災

大正十四年（一九二五）（松蔵十七歳）

この頃、安吉、寅弥、松蔵、同潤会の青山アパートメントに入居する。

四月　治安維持法公布

昭和二年（一九二七）（松蔵十九歳）

一月、おこん、財閥の当主・住之江康彦男爵から求婚される。返事のため、横浜のホテルニューグランドの新年ダンス・パーティに赴く。（第五巻「月光価千金」）

昭和三年（一九二八）

六月　張作霖爆殺事件

昭和四年（一九二九）

十月　世界大恐慌はじまる

昭和五年（一九三〇）

一月　ロンドン海軍軍縮会議

昭和六年（一九三一）

九月　満州事変

昭和七年（一九三二）（松蔵二十四歳）

三月　満州国建国宣言

五月十四日、チャップリン来日。その夜、秘書のコーノを伴い、帝国ホテルで常次郎、松蔵と面会する。犬養毅首相との会食時にテロの標的となると噂されるチャップリンを守るため、常次郎がある仕事を引き受ける。翌十五日、五・一五事件発生。犬養首相暗殺される。（第五巻「ライムライト」）

結核で入院していた栄治、命の別状のないところまで回復する。

十一月、根岸の棟梁が手がけた花清の大旦那（栄治の実父）の大邸宅を栄治が天切り。（第五巻「琥珀色の涙」）

根岸の棟梁死去。（第五巻「琥珀色の涙」）

昭和八年（一九三三）（松蔵二十五歳）

一月　独ヒトラー内閣成立
ブリュネ神父の頼みにより、安吉、矢筈殺しの犯人千代子のためにひと肌脱ぐ。（第五巻「薔薇窓」）
三月　日本、国際連盟脱退
暮れ、栄治喀血し、武蔵野のサナトリウムに入院する。

昭和九年（一九三四）（松蔵二十六歳）

三月　満州国帝政実施
三月、安吉、湯治帰りの上野駅で阿漕な女衒を的にひさびさに中抜きをかける。
勲に召集令状がくる。松蔵、国の無体に抗いたいと、おこん、常次郎とともに大仕事に挑む。（第四巻「昭和侠盗伝」）
八月　独、ヒトラーが総統に
この年、東北地方冷害のため大凶作

昭和十年（一九三五）

八月十一日、安吉と松蔵、駒形の前川で相沢三郎中佐に出会う。安吉、

（松蔵二十七歳）　相沢中佐を青山の自宅に連れ帰る。翌日、相沢事件発生。（第四巻「日輪の刺客」）

昭和十一年（一九三六）
（松蔵二十八歳）　**二月　二・二六事件　七月　スペイン内戦勃発**
七月一日、相沢中佐の妻米子、福山から上京する。おこんと松蔵が東京駅に出迎える。同三日、相沢中佐処刑。（第四巻「惜別の譜」）
八月　ベルリンオリンピック　十一月　日独防共協定締結
昭和十二年（一九三七）二月六日、愛新覚羅溥傑と嵯峨浩との婚約発表。三月、松蔵、黄不動の栄治に会いたいという浩のために帝国ホテルでのダンスパーティを企画する。栄治、サナトリウムから一時退院する。（第四巻「王妃のワルツ」）
（松蔵二十九歳）　**七月　盧溝橋事件　十一月　大本営設置　十二月　南京事件**

第七章

天切り松ファッション図鑑

安吉におこん、栄治と洒落者揃いの一家。
当時の風俗を鮮やかに映す、
衣装の数々をイラストで再現。

イラスト・渡辺直樹

安吉

洋装を自然に着こなすモダンな紳士

「古い親分衆はみな羽織袴の出で立ちだったが、安吉だけはふだんの外出と同様に、ホームスパンの背広の上に黒いインバネスを着、中折れ帽を目深に冠って籐のステッキをついていた。」

（第一巻「闇の花道」）

寅弥

ここ一番の勝負時は貫禄あるお大尽風に

「寅兄ィが長屋の破れ戸を開けて出てきたのァ、小一時間ののちだった。兵児帯を茄子紺の博多に締めかえ、絽の夏羽織を着てパナマを粋に冠ったなりァ、どう見たって大貫目のお貸元で、……」

（第二巻「星の契り」）

おこん

江戸前の粋な着こなしが持ち味

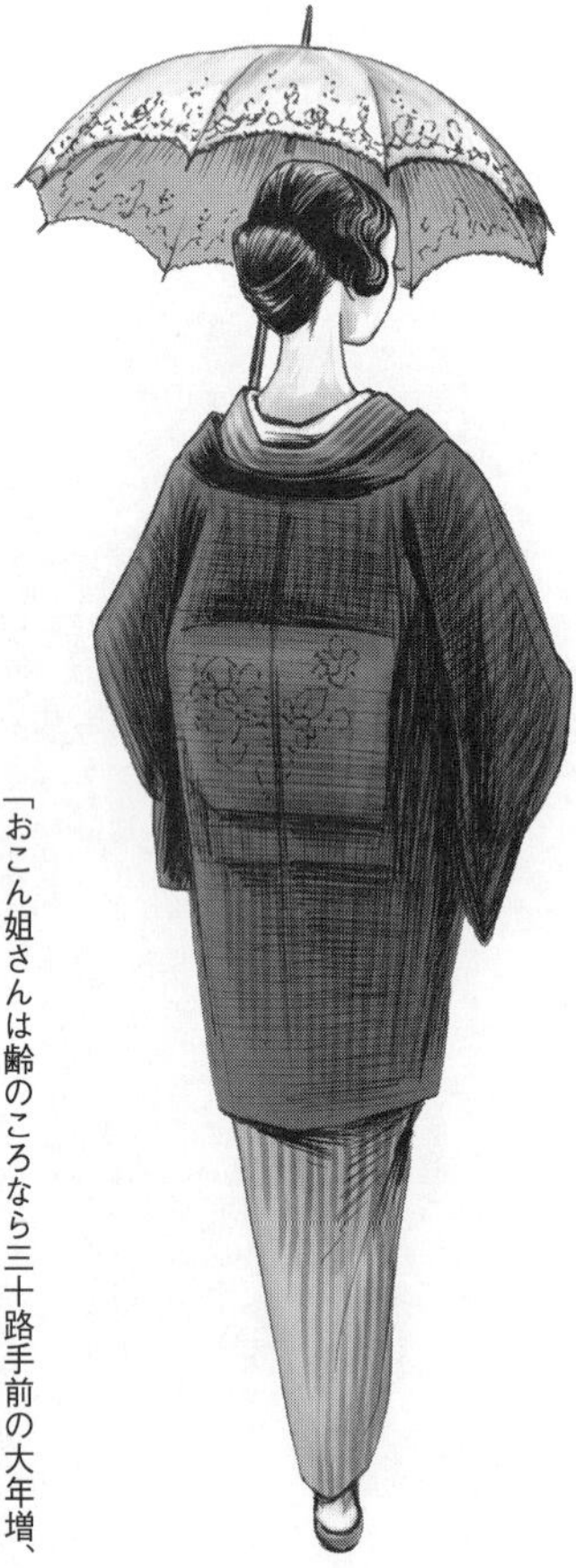

「おこん姐さんは齢のころなら三十路手前の大年増、髪をはやりの耳かくしに結って、身丈のすっと高え、そりゃあ男ならずとも思わず振り返るてえほどの、好い女だったぜ。夏場なら絽縮緬の夏羽織、秋冬になれァ粋な小紋の袷に吾妻コートなんぞ着こんで、袖口や八ツ口から、こう、目の覚めるような紅絹をこぼしてよ。」

（第一巻「槍の小輔」）

おこん

最先端のモガスタイルもお手のもの

「銀子が寝ているうちに家を抜け出し、美容院で耳隠しの髪を切った。コーリン・ムーアばりの断髪だ。それから雨で客足の鈍い松屋に行って、純白のポーラ・ネグリ・スタイルを一揃い、断髪を被う釣鐘帽子《クロッシェ》も白のストローに決めた。ハイヒールも白、雨傘も白。」
（第四巻「尾張町暮色」）

栄治

長身に映える都会的なファッション

「六区から溢れ出る人混みの中でも、見失わずにすむほど栄治は背が高い。そのうえぴかぴかのカシミヤの外套と上等なボルサリーノは、いかにも東京の垢抜けた紳士である。」

(第一巻「百万石の甍」)

常次郎

帝大時代は苦学生に身をやつす

「長い羽織に麻の袴という出で立ちは、ちょっと時代おくれの壮士風である。」

（第一巻「槍の小輔」）

常次郎の変装　その1

若き子爵閣下にして皇太子の学友

「電話を切ると、常兄ィは大鏡の前に立って大礼服のいずまいを正した。胸にはぎっしりと金モールの刺繡が施され、勲章も飾られている。色白の顔にはとうてい贋いとは思えぬ細い口髭が貼られていた。」
（第二巻「百面相の恋」）

常次郎の変装　その2

優雅で自由奔放な宮家のお姫さま

「マーセル・ウェーブの断髪に藤色の帽子を載せ、共布のロング・ドレスの肩を、レースのケープでさりげなく被っている。絵に描いたような「新時代」である。」

（第三巻「共犯者」）

常次郎の変装 その3

憂国の皇族出身海軍提督

「陸軍の正装も暑いが、海軍提督のそれはもっと気の毒である。
まず、前後に長い正帽。帽子というよりも兜に近い。
しかも重たげな金糸の飾りが、ごてごてと付いている。
軍服は前が短く後ろが腓まで届くテールコートである。
肩章には夥しい撚り紐がみっしりと垂れ下がっている。
（中略）右肩から左腰へと帯びた大勲位菊花大綬章。」
（第四巻「昭和侠盗伝」）

松蔵

三越誂えのお坊っちゃまスタイル

「三十分もたたぬうちに、松蔵は茄子紺のフランネルの背広に蝶ネクタイを締め、鳥打帽を小粋に冠ってぴかぴかの革靴をはいた、華族の令息に生まれ変わった。」

（第一巻「百万石の甍」）

一家の装束

黒づくめが江戸の盗賊の伝統

「押入れから取りいだしましたる大江戸以来の盗ッ人装束。黒筒袖に黒の股引、博多の平ぐけを貝の口にきりりと締めて、墨染手拭の頬かむり。」

（第二巻「黄不動見参」）

第八章

天切り松の世相

安吉一家の人々が生をうけた明治、そして大正、昭和と続く激動の時代。作品中に描かれた様々な事件や風俗を資料写真等とともにたどった。

昭和恐慌

「大震災で東京がぶっこわれちまったのが大正十二年の九月。ようよう復興したと思や、銀行がバタバタと潰れる昭和の大恐慌だあな。（中略）すっかり貧乏しちまったお国は、手っとり早く他人《よそ》さんのものをかっぱらっちまおうてえ、あこぎなことを考えやがった。何も軍人ばかりが悪いわけじゃねえんだ。どいつもこいつも貧すれば鈍するで、元の暮らしを取り戻してえばっかりに、まっとうな考えがなくなっちまっていた」

（第四巻「昭和侠盗伝」）

九歳で製糸工場に売られた千代子（第五巻「薔薇窓」）。夫を日露戦争でなくした田中うめ（第五巻「箱師勘兵衛」）。彼女たちには、戦争、不況、震災と次々と困難が襲い、生きる苦しみはますます募っていく。彼女たちの物語は昭和四年（一九二九）年末から昭和十年の昭和恐慌の只中でのことだった。社会不安が増大するなか、関東大震災後の大正十四年（一九二五）に治安維持法を成立させていた日本は、国家総動員体制へと向かう全体主義的な方向へと舵《かじ》を切った。また対外的には、国内の不満をそらし、経済の突破口を海外に見出そうと、昭和六年の満洲事変など、戦争への道筋をたどりはじめた。昭和九年には、東北の農村は大凶作となり、娘の身売りが頻発する。

この年、安吉がひさしぶりに中抜きの腕をふるったのは、湯治帰りの汽車のなかで出会った、人買いに連れられた少女を救うためだった（第四巻「昭和俠盗伝」）。千代子やうめは安吉一家の存在に少しは救われたが、彼女たちのように貧しく拠《よ》り所《どころ》のない人々は、この時代をどのように生きていったのだろうか。

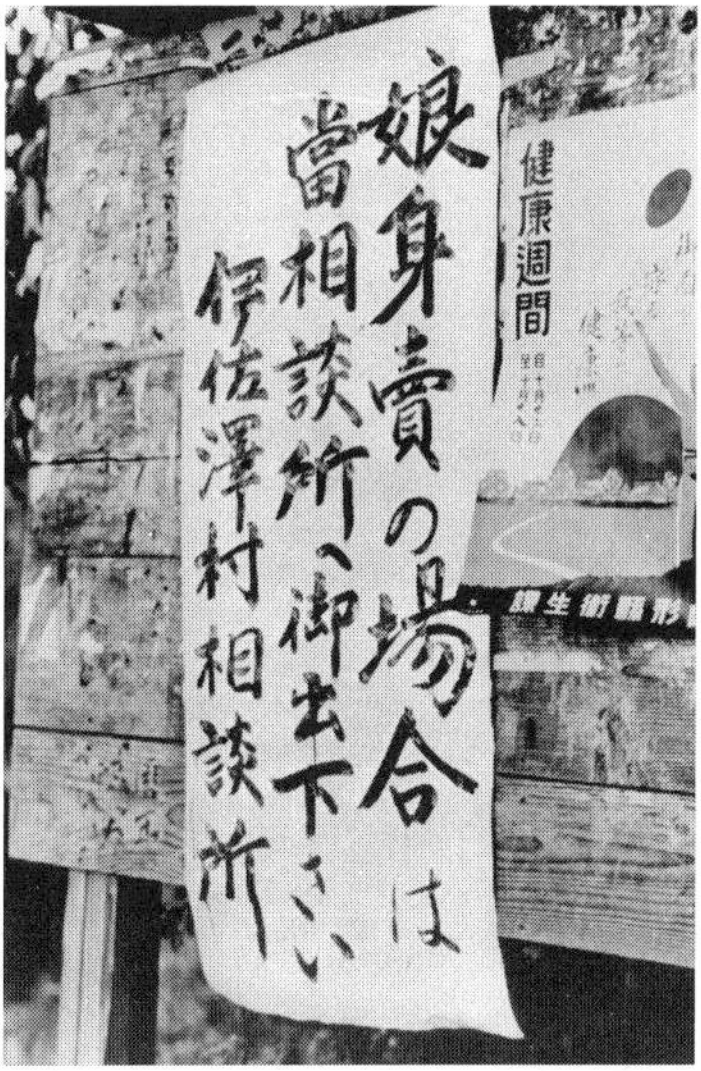

東北地方の村にはりだされた身売り相談の告知
昭和９年（1934）

チャップリン来日

常兄ィがテーブルの上に投げた新聞の見出しに、松蔵は目を瞠《みは》った。

〈喜劇王、遂に神戸上陸〉

第一面を占領する記事には、神戸港に押し寄せた大群衆のわけもわからぬ写真と、「喜劇王チャールズ・S・チャップリン氏」と題するポートレートが大きく掲げられていた。

（第五巻「ライムライト」）

名作の呼び声高いチャップリン『街の灯』の公開を心待ちにする日本の人々に昭和六年（一九三一）、朗報が飛び込んできた。世界周遊に旅立つチャップリンが、日本にもやってくるというのだ。チャップリンはヨーロッパ、インドを経由して、各地でチャーチル、ガンディー、アインシュタインといった人々と会い、出発から約一年半後の昭和七年五月十四日、照国丸で神戸に到着した。熱狂的に歓迎する人々。翌十五日にはさっそく犬養毅首相との会食が予定されていたが、秘書のコーノこと高野虎市には大きな懸念があった。犬養首相を亡き者にし、新政府樹立をはかろうとする青年将校らが、チャップリンをも狙っているという情報が入ったからだ。

物語では、常次郎が喜劇王を守るために一世一代の賭けにでる。

のちにチャップリンは自伝で「怪事件に巻き込まれた」と述べ、事件当夜は日本を出国すると主張したというが、翌日からは名店のてんぷらを味わい、歌舞伎を観覧するなど、日本滞在を堪能したようだ。

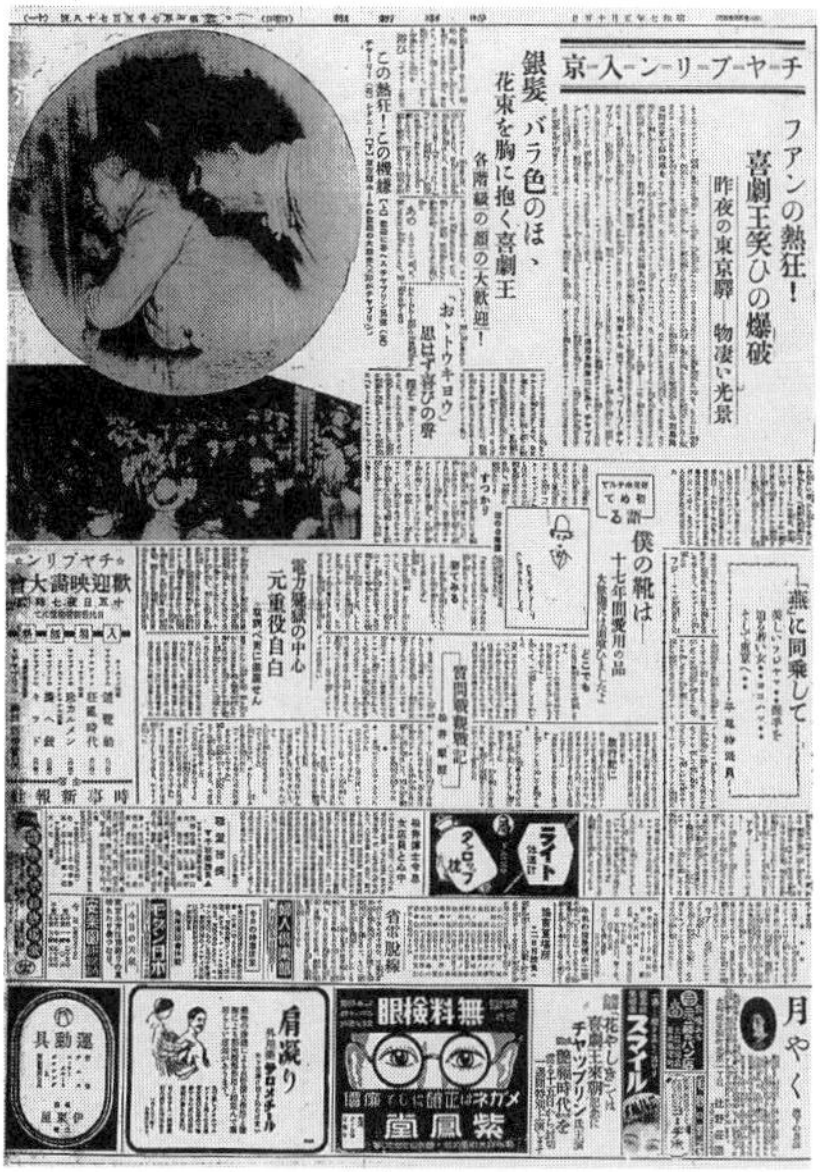
チャップリン入京

ファンの熱狂！
喜劇王笑ひの爆破
昨夜の東京驛――物凄い光景

銀髪、バラ色のほゝ、
花束を胸に抱く喜劇王
各階級の熱の大歓迎！

「お・トウキョウ」
思はず喜びの聲

この熱狂！この機嫌

僕の靴は
十七年間愛用の品

「燕」に同乗して

チャップリン
歡迎映畫大會

電力聯盟の中心
元重役自白

無料検眼
紫鳳堂

肩凝り

スマイル

チャップリンの東京到着を大々的に報道する新聞紙面（「時事新報」昭和7年5月15日）。「駅頭にはフアンが潮の如く押しかけ」と群衆の熱狂を描写している

五・一五事件

「翌《あく》る五月十五日は日本中を震え上がらせた五《ごお》・一五《いちごお》だ。時の首相は憲政の神様と謳《うた》われた犬養毅。その神様のどこが気に食わなかったのかは知らねえが、ともかく総理大臣を血祭りに上げて、天皇ご親政の昭和維新とやらを断行しようてえ目論見《もくろみ》だったらしい」

（第五巻「ライムライト」）

疲弊する農村を救おうと志した農本主義者橘孝三郎に共鳴した青年将校たち。彼らは破壊によって軍事政権樹立を実現しようとした。そこで計画されたのが、首相官邸他を狙ったテロだった。昭和七年（一九三二）五月十五日午後五時二十七分頃、海軍将校が首相官邸日本館へ侵入。彼らと対峙《たいじ》した犬養毅首相は「そんな乱暴をしないでも良く話せば判る」と何度となく語りかけた。拳銃は頭部を撃ち、翌未明、犬養は死去する。当初世論は犬養に共感を寄せていたが、五・一五事件を美談として政治利用しようとする軍部などの狙いによって被告への同情が集まりはじめ、減刑嘆願運動が全国に広がっていった。

いっぽう橘は、同日夜「帝都ブラックアウト計画」をもくろんだ。東京市内の変電所に爆弾を投げ込み停電させ都市機能を麻痺させようとするものだったが、ほぼ失敗に終わり、ニュースとして報じられることもほとんどなかったという。

事件直後の首相官邸日本館の玄関
「一行は玄関脇の応接間に通された。首相の登場を待っている場合ではなかった。いくら無用心でも官邸の中に一人の護衛もいないはずはなかろうし、もし執事の機転で通報されれば、警視庁も鳥居坂の警察署も、赤坂の憲兵隊もすぐ近くなのだ」（第五巻「ライムライト」）

相沢事件

「俺と親分が浅草の前川で相沢三郎と会ったのが八月十一日の日曜。その翌る朝早くに、常兄ィを訪ねて帝国ホテルに行ったてえわけさ。折しも月曜の朝は、陸軍省軍務局のお歴々の朝食会で、偶然と言やあ偶然だが、今にして思やあの朝は、伊勢の大神様《おおみかみ》が俺に見さしてくれた、とっておきの一幕だったんだろうぜ」（第四巻「日輪の刺客」）

昭和十年（一九三五）八月十二日、台湾への転任が決まっていた相沢三郎中佐が陸軍省で軍務局長永田鉄山少将を軍刀で斬殺する。物語では事件当日の朝、何事かを察した書生常が陸軍省近くで相沢を待ちうけ翻意を促すが、その意思は変わることがなかった。

当時の陸軍は永田鉄山を筆頭にした「統制派」と、青年将校を中心とする「皇道派」の二派が対立していた。「統制派」は、総力戦体制の確立をめざして軍の近代化を唱え、天皇は国家の最高機関だが軍の統帥権は軍部にあるとした。一方の相沢が与《くみ》する「皇道派」は天皇親政の国家体制を求め、軍は絶対的に天皇の統帥下にあるべきものと主張した。作中で相沢は「大元帥陛下の統《す》ぶる兵馬の大権を犯す者は許さぬ」と呟《つぶや》き、事件の現場へと赴く。相沢事件は皇道派の青年将校を勢いづかせ、翌年の二・二六事件へとつながっていくこととなる。

陸軍省正門
「さほど広くはない敷地に、陸軍省と参謀本部、国会議事堂に向いた裏側には陸相官邸までが軒をつらねている。それらのすきまを縫うようにして増築を重ねられた陸軍省の内部は、さながら迷宮であった。（中略）軍務局長室の前で、相沢は白手袋をはめ、軍刀の鯉口を切った」
（第四巻「日輪の刺客」）

安吉一家の足、市電

「折しもやってきた永代橋《えいたいばし》行のボギー車に乗りこめァ、うめえ具合に身動きもままならねえてえほどの混みようで、じきに高架鉄道のガード下をくぐって、京橋、桜橋へと走り出す。窓にもたれかかって居眠りをするきれいどころの襟元で、親分は香水にくんと鼻を鳴らし、ねえさん、お疲れのようだが車内混雑、懐中物にァ気を付けなせえよ、なんぞと説教をたれやがる――」　（第二巻「目細の安吉」）

東京駅で「仕事」をすませた安吉親分は、慌てふためく松蔵を尻目に「東ァ鍛冶橋《かじばし》、西ァ馬場先門に挟まれた市役所前《め》ェの市電の停留所」から路面電車に悠々と乗りこむ。大人助けのためなら気風《きっぷ》よく大枚をはたく安吉一家だが、普段の生活は堅実である。大正時代は一キロ五十銭のタクシーが、昭和の初めには東京市内どこでも一円の「円タク」が登場するが、安吉らはどこまでいっても七銭の市電をもっぱら愛用している。

東京の路面電車のはじまりは明治三十六年（一九〇三）の品川～新橋～上野間の開通。その後も数寄屋橋～神田橋～両国と、新しい路線をどんどん延ばしていった。「ちんちん電車」の愛称で戦後も長く庶民の足として親しまれたが、昭和四十七年（一九七二）十一月、荒川線をのぞく全ての路線が廃止された。

日本橋をいく市電
震災前の大正10年（1921）頃の風景と
思われる。左手奥の塔のある建物は三越、
右手には瓦屋根の商家が軒を連ねる。
次頁の「天切り松市電マップ」には安吉
一家ゆかりの停車場の名がみえる

天切り松市電マップ

昭和15年発行の「電車運転系統図」（東京市電気局）をもとに作成

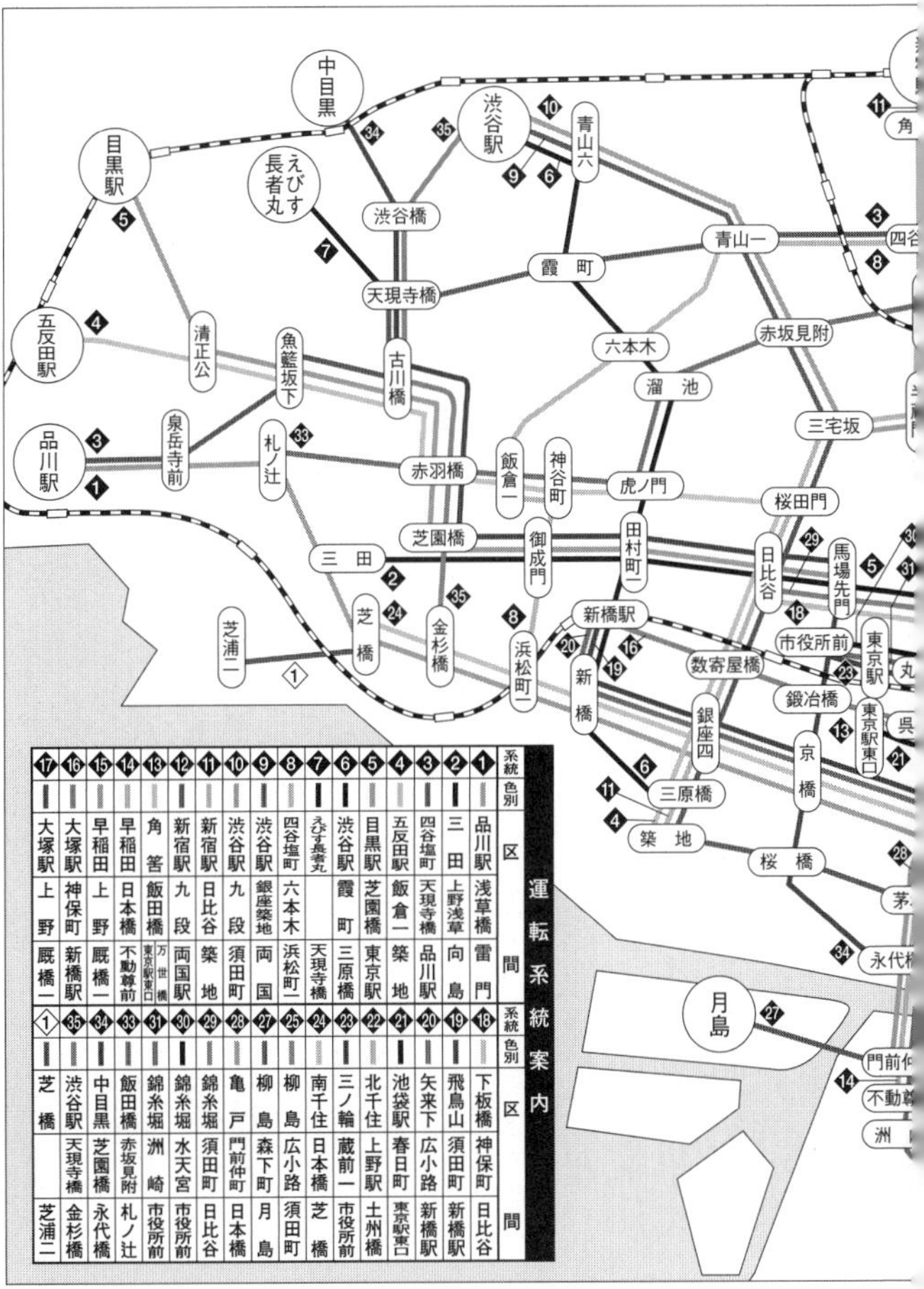

運転系統案内

系統	色別	区		間
1		品川駅	浅草橋	雷門
2		三田	上野浅草	向島
3		四谷塩町	天現寺橋	品川駅
4		五反田駅	飯倉一	築地
5		目黒駅	芝園橋	東京駅
6		渋谷駅	霞町	三原橋
7		えびす長者丸		天現寺橋
8		四谷塩町	六本木	浜松町二
9		渋谷駅	銀座築地	両国
10		渋谷駅	九段	須田町
11		新宿駅	日比谷	築地
12		新宿駅	九段	両国駅
13		角筈	飯田橋	万世橋 東京駅東口
14		早稲田	日本橋	不動尊前
15		早稲田	上野	厩橋一
16		大塚駅	神保町	新橋駅
17		大塚駅	上野	厩橋一
18		下板橋	神保町	日比谷
19		飛鳥山	須田町	新橋駅
20		矢来下	広小路	新橋駅
21		池袋駅	春日町	東京駅東口
22		北千住	上野駅	土州橋
23		三ノ輪	蔵前一	市役所前
24		南千住	日本橋	芝橋
25		柳島	広小路	須田町
27		柳島	森下町	月島
28		亀戸	門前仲町	日本橋
29		錦糸堀	須田町	日比谷
30		錦糸堀	水天宮	市役所前
31		錦糸堀	洲崎	市役所前
33		飯田橋	赤坂見附	札ノ辻
34		中目黒	芝園橋	永代橋
35		渋谷駅	天現寺橋	金杉橋
1		芝橋		芝浦二

天切り松と鉄道

同じ東海道線の窓から、同じ赤い月を見たことがあった。思い出を怖れて、おこんは羽毛の襟巻をかき合わせ、二等車の軟《やわ》らかな背もたれに身をゆだねた。横浜を寝過ごしてしまうかもしれないが、それならそれで構わない。

(第五巻「月光価千金」)

おこんが安吉と初めて出会ったのは、明治三十年代後半の東海道線の車中、おこんが十歳頃のことである。それからおよそ二十年がたち、同じ東海道線で横浜に向かう盛装のおこんの姿があった。

安吉一家の活躍は東京にとどまらず、しばしば汽車のなかでも繰り広げられる。交通網整備が国力増強の重要な基盤と考えた明治政府は急ピッチで鉄道建設を進めた。明治五年(一八七二)、新橋停車場～横浜停車場間に日本初めての鉄道が正式開業、新橋～横浜間を五十三分で結んだ。これは現在の東海道本線で明治二十二年に新橋～神戸間が全通、明治三十八年には新橋～下関間に直通列車が運行開始した。東京駅が開業するのは大正三年(一九一四)のこと。明治後期からは夜間急行、最急行などが走り始め、食堂車が連結されるなど幹線にふさわしい車内設備がととのえられていった。

新橋駅（新橋停車場）
明治５年（1872）開業の日本最初の鉄道ターミナル駅舎。アメリカ人建築家ブリジェンスによる、当時まだ珍しかった西洋建築。大正12年（1923）の関東大震災で焼失した。
現在、復元された建物が「旧新橋停車場　鉄道歴史展示室」として公開されている

一等展望車。写真は昭和６年（1931）建造の特急「燕」のもの

昭和５年（1930）、東海道線で運行開始した特急「燕」展望車

第五巻「箱師勘兵衛」で寅弥と松蔵も乗った信越本線。昭和初期の碓氷第三橋梁

昭和初期の三等客車の車内風景

天切り松の貨幣事情

「てめえのような芋侍にァわかりァすめえが、東京じゃ初湯の湯銭は千円と決まっている。わかるかえ、大将。薩摩長州じゃあどうかは知らねえが、江戸ッ子の初湯は千両。もっともそれァたとえばの値打だが、いやしくも説教寅の二ツ名をとる俺ァ、どうとも千両耳を揃えて番台に置かにゃあ初湯につかるわけにァいかねえのさ」

（第三巻「初湯千両」）

大正九年（一九二〇）の元旦深夜、寅弥は時の陸軍大臣・篠原勇造の屋敷に忍び込み、千円を要求する。むろん自分のためではない。年末、銭湯のまえで、銭湯代を落としたと泣いている少年勲との出会いから物語は始まる。

勲が落とした銭湯代は五銭。ちなみに豆腐が四銭～五銭、もりそば・かけそばが八銭～十銭の時代。寅弥が篠原に要求した「千円」とは、大正九年の内閣総理大臣の給与月額と同じだ。この時代の一般労働者の賃金は、製糸女工は月収約二十六円（大正十年東京府統計の平均日給から週六日労働として換算）、住み込みの和服仕立職は月収約五十六円（大正九年東京府統計）ほどだった。夫を失い、不況のなか働くことも思うようにならなかったであろう勲の母にとって千円とは、二、三年分の収入に相当するものだったことがわかる。

同じころ常次郎が下宿屋の母娘を救うため銀行から奪った金が二千円、そして、松蔵の姉さよの身請け金は五千円だった。ここからも途方もない金高が女たちを縛り付けていたことがうかがえる。

（参考　大正十年の物価一覧）

・米十キロ　二円六十六銭二厘
・納豆ひと包み　二銭
・たくあん一本　十三銭五厘
・塩鮭百匁《もんめ》（三百七十五グラム）　二十八銭二厘
・醤油一升　一円二十銭
・鉛筆一本　五厘
・山手線初乗り　五銭
・郵便料金（封書）　二銭
・新聞月ぎめ購読料（毎日新聞）　一円

寅弥の好きなモダン銭湯

三筋町のモダン銭湯は寅兄ィのお気に入りである。
湯屋といえば表構えは唐破風と相場は決まっているが、亀の湯の入り口はタイル貼りの化粧壁で、いっけん三階建てのビルディングに見える。
金文字でウェルカムと書いた硝子戸《ガラスど》を引くと、番台に座る主人は鼻メガネに蝶ネクタイ、洗い場にもお定《き》まりの富士山は見当たらず、そのかわり竹久夢二の美人画が描いてある。蓄音機からは田谷力三《たやりきぞう》や藤原義江《ふじわらよしえ》のテナーが流れているという凝りようだ。

（第三巻「初湯千両」）

寅弥や松蔵の憩いの場である銭湯。江戸の銭湯はかつて、窓がないため薄暗く、狭いざくろ口をかがんで出入りする形態のものだったが、明治に入ると、天井が高く、湯気抜きの窓のある「改良風呂」とよばれる銭湯が出現した。大正から昭和にかけて、これまでの木造がタイル貼りになり、カラン（蛇口）が備えられた「モダン風呂」が登場、銭湯はさらに快適な空間となっていった。唐破風とは神社などに見られる、曲線状の破風（屋根の切妻の装飾）のこと。寅弥の好みはいまで言う、レトロモダンな雰囲気の湯屋のようだ。

気が短くて人づきあいも不器用だけれど、めっぽう涙もろくて弱い者にとことん優しい寅弥。銭湯はそんな彼が、言いづらいことを口にできる場所でもあるようだ。銭湯を舞台に寅弥の名場面がこれまで数々生まれた。

「衣紋坂から」（第一巻）では、白縫こと松蔵の姉さよを縛る想像を絶する苦境について、常次郎、松蔵に切り出したのも銭湯の湯船でのことだった。苦界からさよを救おうとする、寅弥の男気あふれる啖呵にしびれる。

「『やい松公！　この説教寅が伊達や酔狂で渡世を張ってるとでも思っていやがるのか。自慢じゃあねえが俺ァ、貧乏人の米買う銭ァ、たとえ一厘だって盗ったこたァねえぞ。だが、朝鮮くんだりで虎退治なんぞするてえ成金の腐れ銭なら、たとえ五千が五十万だって、今日の明日にもタタいてやらあ。常ッ、話ァもうガキの浪花節じゃあねえぞ。てめえも肚くくって乗っかかった船なら、手ェ貸しァがれ！』

寅弥は荒々しく蛇口《カラン》の水をかぶると、唐桟《とうざん》の手拭を肩からばさりとかけ、常次郎を引き連れて風呂から上がった」

第五巻所収「男意気初春義理事」で安吉一家の心を動かした忠義の男シャッポの新吉。物語のラスト、大事な役目を終え「義理事」を見届けたあと、寅弥とともに正月の初湯でひと心地つく。新吉を思いやる寅弥の優しさに満ちた名場面である。

浅草オペラ

「恋はやさしい、野辺の花よ……いいねえ、田谷力三は。うん、あのテナーならきっとパリでも通用する」

舞台のはねた後の人混みを避けて、永井先生は松蔵をロビーの長椅子に誘った。花見の人出が六区に流れて、金龍館はたいへんな盛況だ。（第二巻「春のかたみに」）

安吉親分の勘気をこうむり、鳥越の長屋を出た松蔵。あてどなく浅草寺の境内にいるところを永井荷風に会い、連れ立って金龍館のオペラ「ボッカチオ」を見る。

浅草にオペラがお目見えしたのは大正六年（一九一七）、常盤座で上演された音楽劇「女軍出征」。当時の流行歌も取り入れ、わかりやすい筋立てと歌詞で大いに受けた。それまでも帝劇歌劇部などが本格的なオペラ公演を行っていたが、興行の不振で解散の憂き目に遭い、活動の舞台を失った歌い手たちが浅草でつくりあげたのが、この「浅草オペラ」と呼ばれる大衆オペレッタ。わかりやすさと親しみやすさが身上で、「アイーダ」「カルメン」などの名作オペラをダイジェスト版で上演した。田谷力三、藤原義江などのスターを生み、常打ち館は大混雑。「ペラゴロ」、いわゆる追っかけの過熱が社会問題になったりもした。

作中で荷風が口ずさんでいる「恋はやさしい野辺の花よ」は、「ボッカチオ」の劇中歌で、浅草オペラが生んだ流行歌のひとつ。寅弥や松蔵が通う三筋町の銭湯でも、蓄音機からよく流れている。荷風は昭和に入ってから浅草のオペラ館に通いつめ、昭和十三年（一九三八）には浅草オペラ「葛飾情話」の台本を書き下ろすいれこみようだった。

（上）オペラ「アイーダ」の出演者たち。中央が田谷力三／（下）金龍館

栄治とダグラス・フェアバンクス

「……若旦那、ダグラス・フェアバンクスに似てらっしゃいますわね。つい今しがた、浅草で『三銃士』を見てまいりましたのよ」
「ああ、それなら僕も見ました。そういえば奥様は、相手役のマーガレット・ド・ラ・モットにそっくりだ。とてもお美しい」

（第二巻「黄不動見参」）

松蔵の天切り修業のため東京の北、滝野川の邸宅街で洋館を物色していた栄治。的に定めた家で若い奥さんと鉢合わせするが、全く慌てず相手をうっとりさせて切り抜ける。さすが「身の丈は六尺、きょうびでいうなら一メーター八十は優にあろうかてえ偉丈夫で、色は浅黒く、目鼻は秀で、ちょいと見には外人みてえな男前」の栄治である。

栄治が似ているというダグラス・フェアバンクス（一八八三―一九三九）は「ハリウッドのキング」と呼ばれた活劇映画の大スター。出演作に「三銃士」（一九二一）、「怪傑ゾロ」（一九二〇）、「ロビン・フッド」（一九二二）など。悪人をばったばったとなぎ倒し、陽気で腕っぷしが強くて男気溢《あふ》れるキャラクターが日本でも大人気だった。

先の奥さんは浅草の六区までダグラス・フェアバンクスを見にいってきたらしい。大正時代に入るとチャーリー・チャップリンはじめ、洋画が本格的に輸入されるようになるが、その頃はまずフィルムが封切られるのは浅草の映画館と決まっていた。サイレント全盛の時代、名物弁士が趣向をこらした節回しで、観客を喜怒哀楽の渦に巻き込んだ。

第三巻には松蔵が安吉親分を映画に誘う場面も。親分は「リリアン・ギッシュか。それも悪かねえな」と返す。年代からしてふたりが見にいったのは、サイレント映画の大作悲劇「嵐の孤児」か。

「三銃士」のダグラス・フェアバンクス

銀座のカフェ

吹き抜けの高い天井には、どうやって漆喰《しっくい》にとめてあるのだろうと思われるほど大きな扇風機が、真鍮《しんちゅう》の翼を輝かせて回っている。階段が左右に分かれて桟敷へと昇る中央の踊り場は、店のどこからも見える舞台である。薄絹のドレスを着た西洋人の女が、電動式の蓄音機のかたわらにぼんやりと立っている。玄関の扉が開くたびに往来の熱い風が裾をひらめかせ、女は軽く膝を折って、舞踏会のような挨拶をする。（第一巻「槍の小輔」）

安吉一家の行きつけ、銀座のカフェ・インペリアルはこんな優雅な店内である。明治四十四年（一九一一）創業、正統のブラジルコーヒーとビフテキを出し、流れる音楽はクラシック。物語では荷風先生や竹久夢二が二階の桟敷席でくつろぐ姿を目にすることも。

銀座のカフェのさきがけは明治三十九年開業で烏龍茶《ウーロンちゃ》とバナナ菓子が名物の台灣喫茶店や、明治四十四年開業のカフェ・プランタン。フランス帰りの画家松山省三が開いたカフェ・プランタンは永井荷風、正宗白鳥《まさむねはくちょう》、小山内《おさない》薫《かおる》など第一線の作家や芸術家が常連で、ヨーロッパの文学カフェさながらの雰囲気だったという。メニューにはホットサンドイッチやマカロニ、当時珍しかった各種洋酒も揃《そろ》えていた。

同年には本格コーヒーを飲ませるカフェ・パウリスタや銀座四丁目交差点に大型カフ

エ、ライオンも開業。ビールの売上に応じて壁のライオンが咆哮《ほうこう》する仕掛けが人気を呼んだ。第四巻「尾張町暮色」でサラリーマンがデパート談義を繰り広げる場所である。

草創期のカフェはこんなふうに純粋に飲食や会話を楽しむところだったが、震災の前後から女給のサービスを売り物にする店が出現しはじめる。やがてこれがカフェの主流になっていくが、堅物揃いの安吉一家にはあまり縁がなかったようだ。

(上)カフェ・プランタン。壁の落書は常連たちが残したもの／(下)カフェ・ライオンの女給

デパートの楽しみ

カールマンの軽音楽に耳を傾けながら、おこんは吹き抜けの一階を見おろしていた。（中略）目の下は化粧品部である。フランス製のウビガンの香水は松屋の独占販売で、そのあたりにはハリウッド映画のスクリーンから抜け出たようなモダンガールが犇《ひし》めいていた。

（第四巻「尾張町暮色」）

少年時代の松蔵は、日本橋の三越で栄治兄ィに御曹司《おんぞうし》風の身なりをあつらえてもらい、白木屋ではおこん姐さんに腕時計を買ってもらう。大正時代半ば、高級品を扱うデパートはまだ一部の高所得者のものだったときのこと。昔の呉服店さながら土足は禁止、三越の玄関には下足番がいて、栄治の革靴にカバーをかける場面も登場する。

デパートが庶民の身近な存在になるのは震災後。銀座に次々と出店したなかでも、大正十四年（一九二五）開業の松屋は最先端をいく品揃えが大人気、おこんも贔屓《ひいき》に。当時の東京案内によると「高さ百二十尺のホールの大天井からステインド・グラスを通して落ちる五彩の光線はいつも場内に夢幻的な明るさを漲《みなぎ》らせ、明るい店として手頃な買いよい店として断然銀座になくてはならぬ存在となった」（今和次郎編『新版大東京案内』）。壮麗な店内にパウダールーム風の化粧室も備え、女性客に重宝されたという。

アールデコ様式の松屋中央ホール
「七階まで広い吹き抜けが通っているので、暇つぶしに歩くにしても、流行の品々をひと通り見ることができた。暑い日中でも、風がよく通って快適である。吹き抜けの五階に据えられた電気蓄音機から、ここちよい音楽が鳴り響く」（第四巻「尾張町暮色」）

モガ・モボの出現

男は麻の背広にボウ・タイを締め、パナマを冠《かむ》り、黒縁の伊達眼鏡《だてめがね》をかけている。女はなかなかの美人《シャン》で、化粧は素面《スッピン》に近い。白いドレスは肩が露《あら》わで、着丈も膝小僧が見えるくらい短かった。(中略)震災を境にして変わったものは、町のたたずまいばかりではないという雑誌の記事を松蔵は思い出した。それまでの東京はロンドンやパリの物真似だったが、昭和という時代を装うのは、ニューヨークやサンフランシスコなのだと。

(第四巻「惜別の譜」)

大正後期から昭和の初めにかけて出現したモダンガール(モガ)、モダンボーイ(モボ)。一九二〇年代、空前の好景気にわくアメリカの風俗がハリウッド映画を通して日本に入ってきた。それまでのヨーロッパ志向からアメリカの流行を追いかけるように。銀座はモガ・モボの中心地。当時の批評に「今日銀座のレストランに最も多いのはフランス料理に非ずして、水を以て葡萄酒に代えるアメリカ風ランチである。至るところのカフェに鳴る音楽はアメリカ好みのジャズである」(安藤更生『銀座細見』)とある。モガ・モボは戦争の影が忍びよる前の、ほんの束の間の、陽気で自由な時代の象徴だった。第四巻ではおこんも心するところあり、松屋で流行のモガの服装を買い揃える。

昭和7、8年頃、銀座の街を歩くモガふたり組。小ぶりな帽子に断髪、ハイヒールが定番のスタイルだった

ポーラ・ネグリ（「名花サッフォー」1921）

モガのお手本になったのは、ハリウッド女優のコーリン・ムーア（1900—1988）やポーラ・ネグリ（1897—1987）。コーリン・ムーアは名匠グリフィスによるサイレント大作「イントレランス」（1916）でデビュー。天真爛漫としたかわいらしさでサイレント時代に華々しく活躍した。ポーランド出身のポーラ・ネグリは妖艶なヴァンプ女優としてヨーロッパ、アメリカの映画界で一世を風靡した。代表作に独映画の名作「マヅルカ」（1935）など

コーリン・ムーア（「踊子サリー」1925）

大正後期のモガスタイル。左のお嬢さんの帽子がおこんも買ったクロッシェ（釣鐘帽子）。
「銀子が寝ているうちに家を抜け出し、美容院で耳隠しの髪を切った。コーリン・ムーアばりの断髪だ。それから雨で客足の鈍い松屋に行って、純白のポーラ・ネグリ・スタイルを一揃い、断髪を被う釣鐘帽子も白のストローに決めた」（第四巻「尾張町暮色」）

同潤会アパートメント

原宿の駅から表参道を下り、明治通りをつっ切ってしばらく上ると、欅並木《けやきなみき》の若葉の間に鉄筋コンクリートのアパートメントの群が見えてくる。
震災で鳥越の長屋を焼け出されたあと、目細の一家は新築なったこの青山同潤会アパートに越してきた。（中略）
玄関を入ると右手がガスコンロとタイルの流しの付いた台所、左手に南向きの六畳と東に大きく窓を開けた三畳間である。夏は風が抜けて涼しく、冬は部屋中にのどかな陽が射し入った。（第四巻「昭和侠盗伝」）

大正十二年（一九二三）九月一日午前十一時五八分、関東大震災発生。マグニチュード七・九。ちょうど昼食の支度中だった各所から出た火は下町一帯をなめつくし、三日間燃えつづけた。安吉らが住む鳥越がある浅草区は九十％以上が焦土と化した。

復興事業では被災者への住宅の供給にくわえて、この震災の経験をふまえ、耐震耐火の鉄筋コンクリート建築が推進された。この役割を担った財団法人「同潤会」は大正十三年設立、東京、横浜に十六のアパートを建設した。

安吉ら三人が鳥越の長屋から移り住む「青山アパートメント」は三階建て十棟、総戸数一三八戸、大正十五年に竣工《しゅんこう》した。安吉親分は最上階の三階に住んでいる。表参道の欅並木に加え、アパートの敷地内には植栽がふんだんに配され、窓から豊かな緑が望めた。

各戸には当時最新の設備がそなえられていた。その頃の建築雑誌の説明によると、「設備としては電燈、瓦斯《ガス》、水道は勿論《もちろん》、改良された文化式台所には米櫃《こめびつ》、蠅帳《はえちょう》、調理台、竈《かまど》、炭入れ、塵芥投入筒《ダストシュート》を備へ、下駄箱、傘立、帽子掛、郵便受、窓掛、名札等、洗面所には、洗面器の外鏡付の化粧棚を附し、便所は各戸とも水洗式で、屋上には洗濯場を設け、物干竿から混凝土《コンクリート》造の洗濯盥《せんたくだらい》まで備付けてある」(『建築写真類聚・別巻新興アパートメント』一九三四年、洪洋社)

作中で安吉宅を訪れた相沢三郎中佐が妻を思ってうらやむ台所のガス台。土間で中腰になって炭などの燃料をたきつけ、炊事をするのが一般的だった当時、必要な道具がコンパクトにまとめられたこの台所は、いわばシステムキッチンのはしりともいえる。加えて電気、水道、水洗トイレも整備されており、最先端の都市生活に憧《あこが》れる入居希望者が殺到した。

同潤会アパートは震災後に出現したモダン東京の重要な舞台装置だったのだ。

同潤会青山アパートメントA号棟外観（中庭側より）。2003年解体され、跡地には表参道ヒルズが建てられた

居室の一例。コルク張りの床にうすべりが敷かれていた

玄関

新宿武蔵野館

「シネマ見ましょか、お茶のみましょか、いっそ小田急で逃げましょか——洒落《しゃれ》た文句だが、もとの歌詞はちがうんだそうだ。知ってるか」

「いえ——」

「長い髪してマルクスボーイ、今日も抱える赤い恋——たちまち検閲にひっかかって書き直しさ。頭をひねって洒落た文句に書きかえたのはさすが西條八十《さいじょうやそ》だが、歌の文句にまで四の五の言われるのはたまったもんじゃあねえ。まったく、いやな世の中だの。さあて、と。お茶も飲んだことだし、シネマでも観るとするか」（第四巻「王妃のワルツ」）

時は昭和十二年（一九三七）。肺を患ってサナトリウムで療養中の栄治が、松蔵に会うため新宿に姿を現す。この年は七月に日中戦争が勃発《ぼっぱつ》、秋には大本営の設置と、栄治の言葉にもあるように、息苦しい時代が徐々に忍び寄ろうとしていた。

ふたりはこのあと「新宿武蔵野館」で洋画を観る。震災後に郊外に移住する人が増え、小田急や京王などの私鉄が路線を延長したことからターミナル駅の新宿は昭和初期に急速に繁華街として成長した。新宿駅を利用するサラリーマンや学生、休日の家族連れをねらったデパートや飲食店が次々と出店、娯楽として欠かせない映画館も軒を連ねた。

新宿武蔵野館は大正九年（一九二〇）開業した老舗《しにせ》の洋画専門館で、ここで封切られた映画にトーキーの先駆け「モロッコ」（一九三一）がある。主演のゲーリー・クーパーは、エキストラから地道に役を重ねてスターダムにのぼった生真面目なハンサム。ぼそぼそとした喋り方もかえって女心をつかんだらしい。この頃の栄治は、めっきり太ってしまったダグラス・フェアバンクスではなく、ゲーリー・クーパーに似ていたようだ。

「モロッコ」のゲーリー・クーパーとマレーネ・デートリッヒ

国宝「仁清　色絵雉香炉」（石川県立美術館蔵）

黄不動のお宝　その一

京焼の祖、野々村仁清の最高傑作のひとつ。江戸時代前期の作。幅48.6㎝、高さ17㎝と実際の雉とほぼ同じ大きさという存在感である。栄治はある年の瀬、このお宝を加賀百万石の前田邸から天切りで盗み出す。

「大学教授でせえマスクをかけて息を殺し、白手袋をはめて伏し拝むてえほどの色絵香炉、あっしゃその翌朝、確かにこの手で触れ、この目でにらめっこせえいたしやした。この齢になるまで、ずいぶんといろんなお宝を手にかけてめえりやしたが、さすが名人仁清が精魂かたむけた大名物、その姿といい色といい、今にも手のうちから飛び立つようでござんしたよ」（第一巻「百万石の甍」）

第九章

天切り松グルメ案内

松蔵がいつもごちになる鰻重や
おこん姐御好みのアイスクリームなど、
「天切り松」には旨いものがさまざま登場する。
そのなかから現在でも味わえる七品をご紹介。

伊豆栄の鰻

「おおし、わかりゃあいい。わかったんならてめえがパトを飛ばして、伊豆栄の特上を取ってきやがれ。いいか、決して板前をせかすんじゃあねえぞ。江戸前の鰻《うなぎ》は焼きを重ねるほど上等なんだ。こってりと焼き上がるまで渋茶でも飲んでいろ――」

（第二巻「目細の安吉」）

現代の警察署ではVIP扱いの松蔵が、いつも署長室で御馳走になるのは、安吉親分も贔屓《ひいき》にしていた上野池之端「伊豆栄《いずえい》」の特上の鰻重。第三巻「共犯者」では、書生常がここの座敷に呼びつけられる場面もある。

「伊豆栄」の創業は八代将軍吉宗の治世であった江戸時代の中頃と言われ、約二百六十年余りの歴史を持つ江戸前鰻の老舗《しにせ》。上野駅や上野公園が開発され、明治にはいってよりいっそう人が集まるようになった上野池之端の名物として、その名を謳《うた》われるようになった。昭和天皇が召し上がったのをはじめとして、皇室御用達としても知られる。

吟味された鰻に、門外不出のタレ。ごはんの品質や炊き方にもむろんこだわりが。作中で松蔵も「板前をせかすな」と言っているが、鰻はなんといっても「焼きこそ命」。自家製の備長炭《びんちょうずみ》を使って焼き上げている。タレづくりや炊飯など、調理にはすべてこの備長炭を用いているとのこと。メニューには鰻重や鰻丼のほか、鰻と料理を組み合わせたお弁当やコースがある。

○伊豆栄本店　台東区上野二丁目十二―二二（電話　〇三―三八三一―〇九五四）

アクセス　ＪＲ上野駅より徒歩五分

（上）伊豆栄本店
（下）鰻重

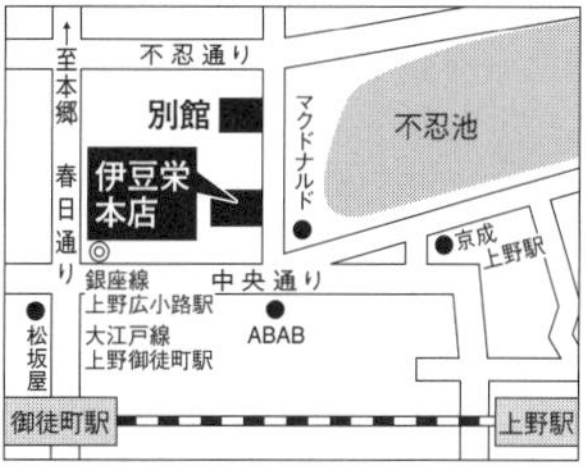

上野精養軒のフルコース

「時は小春日和の午下《ひるさが》り、所は冬枯れた上野の山の精養軒、不忍池に向かって張り出した桟敷に、どこからどう見たって西洋料理のフルコースってえやつを賞味する二人の紳士が、さし向けえで葡萄酒でもなめていたと思いねえ――」（第一巻「百万石の甍」）

安吉親分はある日、上野の精養軒に黄不動の栄治を呼び出す。あらたまった話ゆえ、きちんとした場所で、あらたまった食事をしながらと考えたのだろうか。

上野精養軒は明治九年（一八七六）、築地精養軒（明治五年創業）の支店として、上野公園内の不忍池を臨む絶好の場所に開業した。当時珍しかった本格的な西洋料理を出す店としてその名がひろまり、明治の文人たちに愛された。森鷗外はしばしば家族とともに訪れたが、小説『青年』でも、主人公の小泉が先輩と上野精養軒を訪れ、料理とシトロンを愉しむ場面も登場する。

お店の場所は、創業時と変わらぬ上野公園内の閑静な一画。建物内にいくつかあるレストランのうち、本格フレンチが味わえるのは一階の「グリル フクシマ」。季節の素材をいかした繊細で端正なコースが、昼は五千円前後から、夜は一万円前後から賞味できる。ゆったりとした店内で不忍池を眺めながら贅沢な時間が味わえそうだ。

安吉親分のように屋外で食事を愉しみたいときは、軽食が中心の「カフェラン ランドーレ」のテラスや、季節限定だが屋上のレストランがおすすめ。

○上野精養軒　台東区上野公園四—五八（電話　〇三—三八二一—二一八一）
アクセス　ＪＲ上野駅より徒歩七分

（上）グリル フクシマ店内
（下）フレンチのフルコース

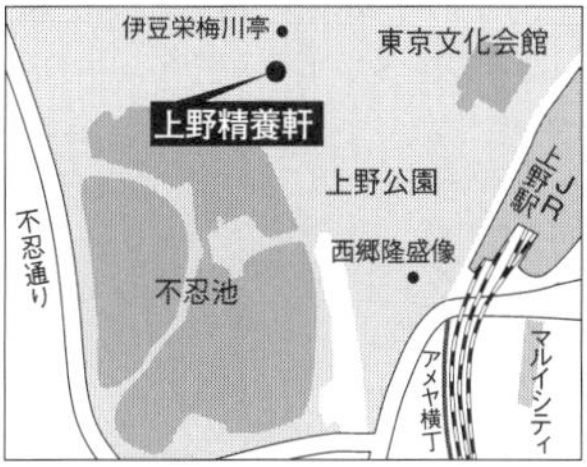

神谷バーの電気ブラン

「俺ァ、おとっつぁんに似たんだ」

棟梁は逃れるように、大きな目を川面に向けた。返す言葉が思いつかず、やおら伸び上がって栄治のパナマを奪い、かわりに坊主刈りのねじり鉢巻を倅《せがれ》の頭に載せた。

「このほうが似合うんだがなあ、おめえにァ——さて、まだ日は高《たけ》えが神谷バーで電気ブランでもおごってくれ。やい小僧、おめえもこい」

(第二巻「黄不動見参」)

栄治の養父、根岸の棟梁は人形焼が好物だが、酒もめっぽう好きな両刀つかい。この日は吾妻橋で松蔵を連れた栄治と行きあい、いつもの丁丁発止があったあと、橋のたもとの神谷バーで一杯やることになった。

神谷バーは明治十三年(一八八〇)に洋酒の一杯売りを始め、二年後に「電気ブランデー」を売り出した。ブランデーベースにワイン、ジン、キュラソーなどを加えたカクテルでアルコール度数は四十五度。新奇なものに「電気○○」と名づけるのが流行《はや》っていたので「電気ブランデー」、のちに「電気ブラン」「デンキブラン」と呼ばれるように。

天切り松の頃の電気ブランは一杯八銭、肴《さかな》は湯豆腐に山盛りの葱《ねぎ》と削り節がそえられて二銭、あわせて十銭(現在の二百円位か?)。今も昔も気安くハイカラな気分が味わえる、庶民の盛り場浅草にふさわしい洋風酒場なのである。

現在はアルコール度三十度の「デンキブラン」と、四十度の「電気ブラン〈オールド〉」の二種類でどちらもきりりとした味わいだ。メニューにはもちろん湯豆腐もある。

現在の建物は大正十年に落成。平成二十三年に登録有形文化財となった。

○神谷バー　台東区浅草一丁目一―一（電話　〇三―三八四一―五四〇〇）

アクセス　地下鉄浅草駅から徒歩一分

神谷バー外観

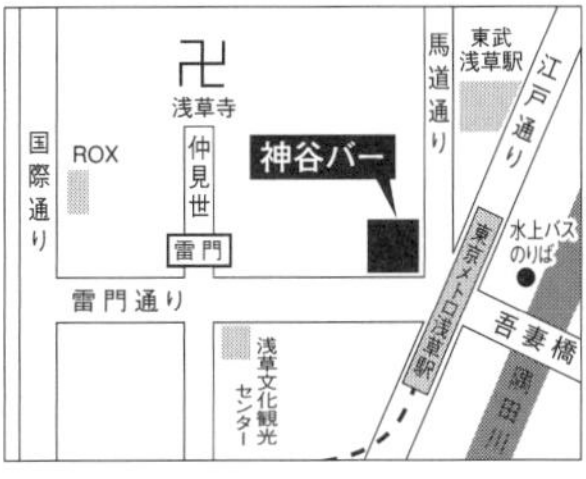

前川の鰻

背筋を伸ばして鰻を平らげ、茶を飲み干したあとで、その将校はしばらく怪訝《けげん》な顔で軍服のあちこちを探っていた。それから目の前の隅田川を見やりながら思い悩むふうをし、やがて座禅でも組むように、目をとじて動かなくなった。

「親分、あの軍人さん――」

安吉親分はとうに気付いていていたらしい。箸も休めずにちらりと座敷向こうの軍人を見る。

（第四巻「日輪の刺客」）

江戸前鰻の名店、前川の創業は文政年間（一八一八〜一八三〇）。浅草、駒形橋《こまがたばし》のそば、座敷からは隅田川の流れを望み、江戸らしい風情が味わえる場所である。

物語では昭和十年（一九三五）の八月、安吉親分がここ前川の座敷で相沢三郎中佐に出会う。福山からある一念を抱いて上京した相沢中佐が、奮発して前川で鰻を食べるという設定である。仲見世で掏《す》りにあったらしく困っている相沢を安吉が見かねて財布と伊勢神宮のお札を取り戻すが、実際に、前川によく来ていた仕立屋銀次がこれと同じように相客を助けたことがあったという。

メニューは蒲焼、鰻重のほか、鰻料理を中心にしたコースや一品料理など。当主が自ら包丁をふるい、丁寧に焼き上げている。五月頃から十一月頃までは天然鰻を味わうこともできるそうだ。すべての部屋から隅田川の流れを愉しめる、贅沢なしつらえが魅力的だ。

○前川　台東区駒形二丁目一―二九（電話　〇三―三八四一―六三二四）

アクセス　地下鉄浅草駅より徒歩三分

（上）前川外観
（下）鰻重

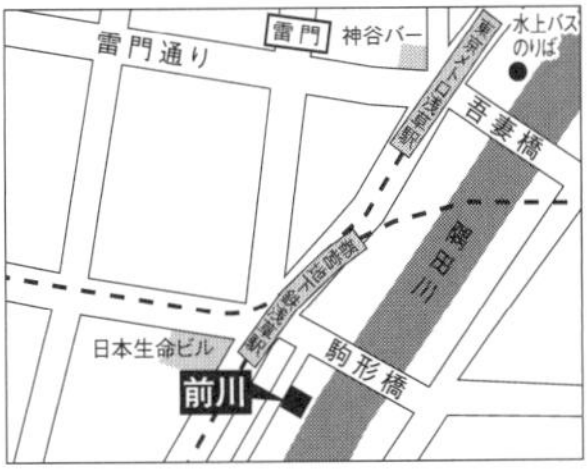

梅園のあんみつ

「何もおめえと活動を観ようたァ思わねえよ。てて親を兵隊に取られた娘さんに、梅園のあんみつでも食わしてやろうじゃねえか。親がわりになるなァ、おめえじゃ老けすぎだろうが」

（第五巻「ライムライト」）

浅草六区で寅弥が出会った健気な少女、映子に安吉が御馳走したがっていたのが梅園のあんみつ。梅園は安政元年（一八五四）創業。もともとは浅草寺の別院で梅の木で知られた梅園院《ばいおんいん》の境内にあった。屋号はここに由来する。

昭和八年刊行の『大東京うまいもの食べある記』（白木正光編、丸ノ内出版社）では、次のように紹介されている。

「しるこ梅園――浅草で一番大きく大衆的と云つても、駄じるこ屋では勿論ない高級汁粉屋。最近改築して店の設備を喫茶店風に改め、卓、腰掛けの感じもよく、しるこ等のほか飲物アイスクリーム等もあります」

梅園の甘味を愛した人のひとりに永井荷風がいる。荷風はお汁粉が好きだったようで浅草ロック座の踊り子たちと梅園に立ち寄る記述が日記『断腸亭日乗』に見られる。

「昭和二十五年五月三十一日。陰。燈刻ロック座楽屋。踊子らと汁粉屋梅園に笑語してかへる。明日地下鉄道同盟罷業をなすといふ」

梅園は現在も浅草寺の参拝客で大盛況だ。あんみつは、黒蜜仕立てのみつまめにこしあんがたっぷり。素材をいかした味わいの寒天や求肥《ぎゅうひ》との組み合わせが効いた一品である。

○梅園　台東区浅草一丁目一―三一―一二（電話　〇三―三八四一―七五八〇）

アクセス　地下鉄浅草駅から徒歩三分

（上）梅園の提灯かざり
（下）あんみつ

帝国ホテルのシャリアピンステーキ

「やい松公、俺ァこれから三宅坂まで一ッ走り、芝居見物に行ってくるがの。おめえも行きてえか、だがこればかりァ、そのモダンボーイのツラじゃあうまかねえ。酔狂なお天道様《てんとさま》が、いってえどれほど無慈悲な筋を書きなさるか、みやげ話はたんと聞かしてやるから、おとなしくニュー・グリルのビーフステーキでも食っていな」

（第四巻「日輪の刺客」）

安吉一家の面々はステーキが好きなようだ。安吉親分もひと仕事の前に分厚いステーキで腹ごしらえをすることもある。

書生常が松蔵にすすめたニュー・グリルとは、帝国ホテルの旧館、通称「ライト館」のレストラン。お決まりのコースではなく、豊富なメニューから自分の好みで料理を選べる気軽さで大人気だった。ここで生みだされた「シャリアピンステーキ」は、ロシアの声楽家フョードル・イワノビッチ・シャリアピンゆかりのメニュー。昭和十一年、日本公演で帝国ホテルに滞在中だったシャリアピンが、歯槽膿漏《しそうのうろう》のため好物のステーキが食べられず、軟らかい肉料理をという要望に応えてシェフが考え出したのが、薄く伸ばした牛肉をすりおろした玉ねぎに漬け込んで調理するというすきやきから想を得た方法だった。シャリアピンもこれをいたく気に入ったという。この名メニューは帝国ホテル内の「ラ ブラスリー」で供されている。

「ラ ブラスリー」ではシャリアピンステーキのほかにも、コンソメやワゴンサービスで供されるローストビーフなど、数々の伝統のメニューを受け継いでいる。

○帝国ホテル　ラ ブラスリー

千代田区内幸町一丁目一─一（電話　〇三─三五三九─八〇七三）

アクセス　地下鉄日比谷駅から徒歩三分（帝国ホテルタワー地下一階）

（上）ラ ブラスリー店内
（下）シャリアピンステーキ

資生堂パーラーのアイスクリーム

建築中の服部時計店を右に眺めながら、尾張町の十文字で信号を待った。銀子が知らぬ顔で並びかけてきた。レエスの日傘をあみだに背負って、おこんは真昼の闇がたりで言った。

「後ろにいるのは本庁の刑事《デカ》だ。私《わ》っちが通せんぼしとくから、あんたは通りの西《にし》っ河岸《かし》に渡って、資生堂のパーラーで待ってな」

（第四巻「尾張町暮色」）

昭和初期、モダン東京の最盛期の銀座。かつての妹分、銀子と再会をしたおこん。このあと資生堂パーラーでアイスクリームを食べながら銀子の身の上話を聞くことになる。

おこんも贔屓にしている資生堂のアイスクリームの歴史は、明治三十五年（一九〇二）にさかのぼる。この年、出雲町（現在の銀座八丁目）資生堂薬局内にソーダ水やアイスクリームを製造販売するソーダファウンテンがオープン、資生堂が売り出した化粧品とともに新橋の芸者衆にたちまち大人気に。彼女たちがお客を連れてきて、さらに大はやりになったという。その後独自で店舗をかまえて西洋料理も手がけるようになると、シックなたたずまいと格調の高いサービスで、名流の人が集う銀座の名所となった。

伝統のアイスクリームは卵の黄身とバニラの香りをいかしたほどよい甘さになめらか

な口当たり。とても洗練された味わいのなかに手作りの懐かしさがある。現在は銀座資生堂パーラー内の「サロン・ド・カフェ」で味わうことができる。

○資生堂パーラー　サロン・ド・カフェ

中央区銀座八丁目八―三東京銀座資生堂ビル三階（電話　〇三―五五三七―六二三一）

アクセス　地下鉄銀座駅から徒歩七分

（上）サロン・ド・カフェ店内
（下）バニラアイスクリーム

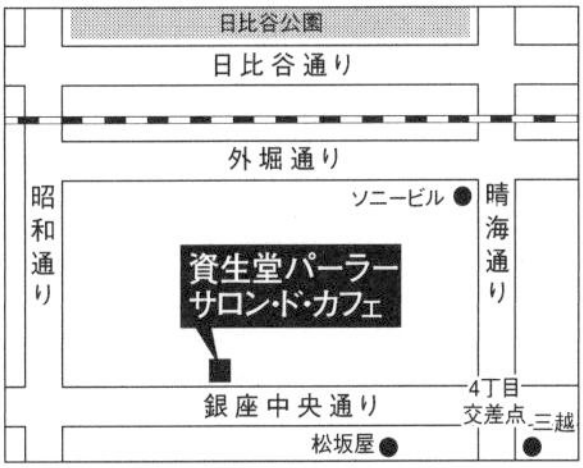

〈コラム〉 **棟梁の好物、人形焼**

父の様子に眩《まば》ゆげな目を細めながら、栄治は声を上げて笑った。

「おとっつぁん、これ、年賀だ」

と、空に向けて菓子折をつまみ上げる。

「何でえ、何でえ。銭ならいらねえぞ。何べん置いてったって同じこった。こちとらまだ盗ッ人の施しを受けるほど老いぼれちゃあいねえ。また大川にほっぽっちまうだけだぜ。親にくれる銭があったらよ、吉原へでも繰り出して男を磨いてきやがれ、このうすらとんかち」

「ちがわあ。おとっつぁんの好物の人形焼だ。初売りの縁起もんだから、一服ついでに食ってくれろ」

（第一巻「百万石の甍」）

大正十二年（一九二三）初春、大仕事をなしとげた栄治は心底から慕う養父・根岸の棟梁のもとへ、菓子折をもって訪れる。菓子折の中味は棟梁の大好物、人形焼だった。

棟梁は、仕事の腕はめっぽういいが、「根岸の棟梁が喜ぶものといえば、神谷バーのステンドグラスごしに酌み交わすデンキブランと、仲見世の人形焼だけ」という欲のなさだ。

人形焼は小麦粉と卵を主原料としたカステラ風の生地に餡《あん》を入れ、さまざまな型で焼きあげたもの。餡が入っていないものは、人形焼ではなくカステラ焼と呼ばれる。

室町時代末期に長崎に伝えられたカステラが、東京でも作られるようになったのは明治にはいってから。当時のカステラはとても贅沢なお菓子で、それを庶民が気軽に味わえるように工夫したのが人形焼だった。発祥は東京・人形町とされ、現在は各地でさまざまな型のものが作られるようになった。

浅草では大正時代、人形町で修業した職人が店を開いたという。現在も浅草の仲見世や雷門通りでは、店頭で焼き上げながら販売する店が軒をつらね、雷門の提灯や五重塔、犬張子や鳩《はと》など、浅草名物にちなんだものがよく見られる。

同じく下町を舞台にした樋口一葉『にごりえ』にはこんな場面がある。

「お初は心細く戸の外をながむれば、いそいそと帰り来る太吉郎の姿、何やらん大袋を両手に抱えて母さん母さんこれを貰って来たとにっことして駆け込むに、見れば新開の日の出やがかすていら（……）」

『にごりえ』は明治二十八年（一八九五）の作品。ここでいう「かすていら」は人形焼風に小型に焼いたものらしいことが続く記述でわかる。この時代すでにカステラ菓子が身近になっていたことがうかがえる一場面である。

〈コラム〉 **荷風先生の食生活**

「その日も朝っぱらからつかず離れずに後を追っかけ回され、ほうほうのていで逃げこんだところが仲通りのカフェ・インペリアル。折しも変わり者ンの永井先生がお定まりの桟敷の上で、赤ワインにジャーマン・ビーフのおそい昼飯を召し上がっていらしたというわけさ――」

（第二巻「花と錨」）

二度の結婚経験がある荷風だが、大正後期のこの頃は気儘《きまま》な独身生活。浅田次郎も愛読している日記『断腸亭日乗』を見ると、程よく優雅で都会的な暮らしぶりが伝わってくる。

荷風四十一歳の元旦。二十代の一年をフランスで過ごした荷風の朝食風景。「曇りて寒き日なり。九時頃目覚めて床の内にて一碗のショコラを啜《すす》り、一片のクロワサンを食し、昨夜読残《よみのこし》の『疑雨集』をよむ」（大正八年）。クロワッサンは「尾張町ヴィエナカッフェーといふ米人の店」で、ショコラもフランス製のものを取り寄せたとある。枕元にガスコンロを置き、目覚めたらすぐにショコラの準備ができるようにしていた。

こまめな荷風は自炊も厭《いと》わなかったが、特に若いころは外食中心の生活だったようだ。銀座では洋食の風月堂や松蔵も行っている牛肉の名店松喜など。甘いもの好きでお汁粉屋にもよく出入りしている。天切り松の舞台でもある上野精養軒や帝国ホテルの食堂もお気に入りだった。敬愛していた鷗外がらみではこんな記述が。

「森先生遺族の招待にて上野精養軒に往く。露台の上より始めて博覧会場の雑沓《ざっとう》を眺め得たり」（大正十一年七月十六日）、「黄昏森於菟《おと》君に招がれ帝国ホテル食堂に赴く。鷗外先生全集出版一まづ完了せし賀宴なり。（中略）九時過散会。銀座を歩みて家に帰る」（昭和二年十一月二十五日）

ときには「昏刻出でて銀座風月堂に飰《はん》す。三、四人の子供をつれて食事に来れる客あり。相応の風采をなす客なれど、その子供は猿の如く、室内を靴音高く走りまはり、食卓の上に飾りたる果物草花を取り――」（昭和八年十月二十四日）と憤慨することもあった。

安吉一家に肩入れする荷風を、彷彿《ほうふつ》させるような随筆もある。震災後、荷風は足しげく浅草に通い、オペラ館の踊子たちと親しくなる。ある時荷風が楽屋にいると、踊子のひとりが「おっかさんが先生に上げてくれッていいました」と、竹の皮に包んだ三社祭の祝いのおこわをさしだした。「竹の皮を別にして包んだ蓮根の煮附《につけ》と、刻《きざ》み鯣《するめ》とに、少々甘すぎるほど砂糖の入れられていたのも、わたくしには下町育ちの人の好む味《あじわ》いのように思われて、一層うれしい心持がしたのである」（永井荷風『草紅葉』）。荷風にはこの古風で義理がたい心遣いがいたく心にしみたようだ。

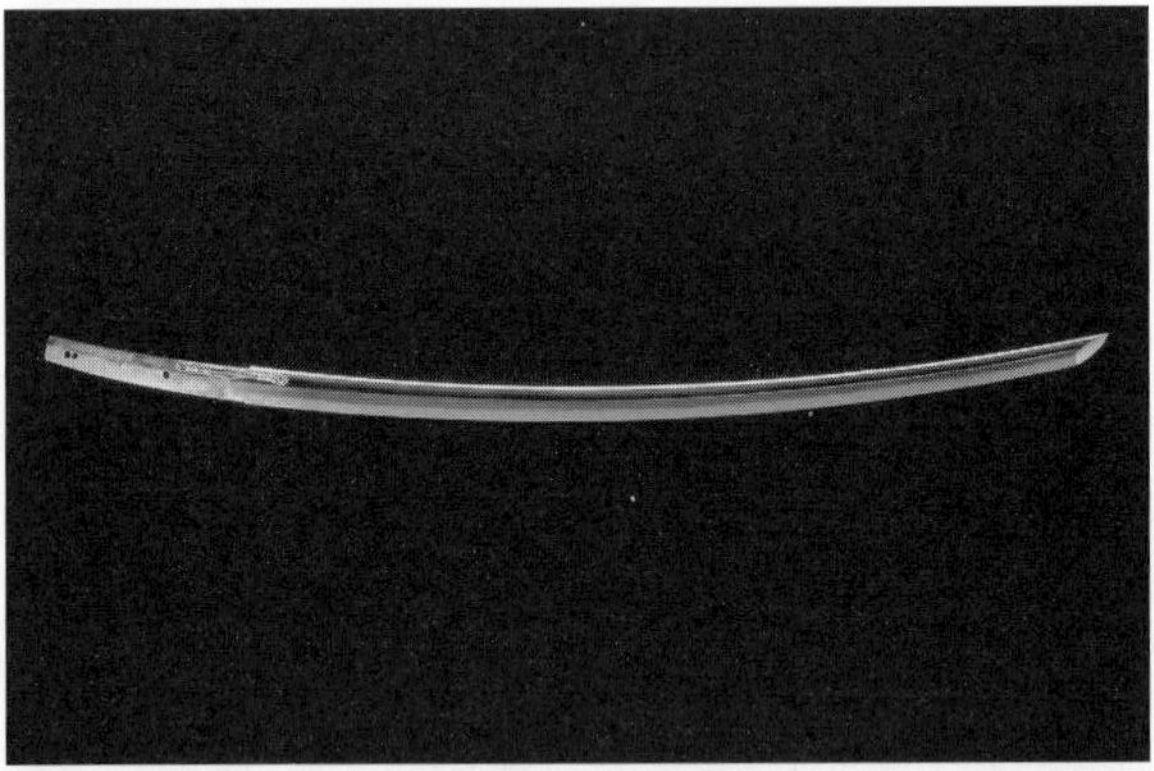

国宝「小龍景光（太刀　銘備前国長船住景光）」（東京国立博物館蔵）

黄不動のお宝　その二

鎌倉時代に活躍した備前国の刀匠長船景光の手になる名刀。14世紀初めの作で楠木正成の愛刀と伝えられる。刃長約74㎝。瀕死の床にある幼なじみ赤坂小龍に見せたい一心で、栄治は帝室博物館表慶館を天切りする。

「常夜灯のぼんやりと灯る展覧会場の中央に、でんと鎮座ましましたるは大楠公の太刀、備前長船の刀匠初代景光が精魂傾けて打ち下ろしたる大業物。茎から棟へと精緻を極める剣巻竜が彫ってあるところから、人呼んで小龍景光てえたいそうな名前ェの、鎮護国家、尽忠報国の宝刀だ」（第三巻「大楠公の太刀」）

第十章

既刊全あらすじ

既刊全三十話の読みどころを、
名台詞とともにダイジェストで。

「闇の花道」（第一巻第一夜） 第一巻は単行本一九九九年九月、文庫二〇〇二年六月に刊行

ある年の瀬の夜更け、しんしんと冷え込む留置場の雑居房にひとりの老人が現れた。下町の職人のような風体、昔かたぎの仁義を切って先客の留置人たちを面食らわせる。「お情けこうむりやす。十八号、村田松蔵と申しやす。ごらんの通り棺桶《かんおけ》に片足つっこんだ老いぼれでござんすが、お見知りおき下さいまし」

警察署長も看守も一目おくこの不思議な老人は、大正昭和の帝都東京にその名を鳴らした義賊、目細の安吉一家のひとり。二ツ名は「天切り松」。かつての東京を、過ぎ去った時代を、そして江戸の粋を体現したかのような安吉一家の活躍を、六尺四方にしか声音が届かないという「闇がたり」で現代に甦らせる。

第一夜の皮切りは大正六年、真夏の東京は四谷界隈。かぞえで九歳の村田松蔵が父平蔵に連れられて、抜弁天に住む安吉の邸宅を訪ねる。豪壮な屋敷に顔を揃える安吉とその手下、寅弥、おこん、栄治、常次郎。松蔵はその場で安吉に引き取られ一家の部屋住みとなる。

翌年、東京地検の辣腕検事おしろいこと白井検事が大親分、仕立屋銀次の放免にからんで、銀次を慕う安吉には承服しがたい話を持ちかける。拒絶する安吉。しかし網走監獄を出て花も盛りの上野駅に降り立った銀次とそれを出迎えた安吉をある策略が待ち受けていた。

「それが俺らの稼業の、いやさ舞台《ぶてえ》の始まりだった。俺ァそのときはっきりと、大向こうから沸き上がる喝采《かっせえ》を、この耳で聴いたんだ――」（松蔵）

「槍の小輔」（第一巻第二夜）

普段は別々に仕事をしている安吉一家だが、月の五日と十五日には銀座のカフェ・インペリアルで寄り合うことになっている。ある夏の昼下がり、シックな洋装で現れた安吉親分はいつもと異なる険しい目付きでおこんを見据えた。「おめえ、いってえ何を考えていやがる」美貌の女掏摸《すり》、おこんはかつて正月の観兵式で山県有朋の軍服から金時計《キンマン》を掏り取ったが、裏取引で警察に返納したこの金時計が大親分仕立屋銀次を陥れる小道具に使われたのだ。おこんは面子《メンツ》にかけて、山県の金時計を再び掏り取らなければ気がすまない。安吉は相手が悪いとその企みをおしとどめる。「こいつァ妖怪だ。歴代の首相だって、いつもこいつが決めてきた。それればかりか、天皇陛下を差しおいて新しい摂政を立てようなんてことも、こいつにァできるんだぜ」。それで引っ込むおこんではなかった。隅田川の川開きの日、川べりの料亭に姿を見せた山県に、得意の「玄《げん》の前《まえ》」の技をかけたのだったが——。

損得抜きで江戸っ子の心意気に命を懸けるおこんと、孤独な晩年にあって、愛用の小槍《こやり》を手に命懸けで戦い抜いた若き日々に思いを馳せる山県。まったく異なる世界で生きてきたふたりの純情が小田原の美しい風景を背景に重なり合う。

「決して物騒なものではござんせん。生前、山県閣下から拝領した品でござんす。ゆんべ寝ずに考えて、お返しに上がりました。どうか後生でござんす。お棺にお納め下さんし。御前の、いえ、小輔さんのお棺に入れて、一緒に埋《い》けてさし上げて下さんし」（おこん）

「百万石の甍」(第一巻第三夜)

松蔵十四歳の冬のこと。見様見真似で掏摸を働き、捕まった松蔵の身柄を兄貴分の栄治が貰い受けに来てくれる。翌日、栄治に連れられて浅草凌雲閣に上りパノラマの眺望に驚喜する。栄治は東京市街を見晴るかす展望台で「天切り」の的にする様子のいい屋敷や邸宅を探していたのだ。少年の松蔵が、のちに稼業とする「天切り」の魅力を垣間見《かいまみ》た一瞬である。

黄不動の二ツ名をとる栄治は、腕も気もいい大工、根岸の棟梁に育てられたが、実の父親は官の仕事で急成長した建設会社花清の大旦那である。あるとき妾腹ゆえ戸籍上は何のつながりもないこの父が、栄治に跡継ぎとして花清に戻ってほしいと加賀百万石の前田侯爵を仲立ちに頼んできた。なさぬ仲の自分を心底可愛がってくれた根岸の棟梁を思い、やるせなさと憤りにかられる栄治に安吉は「仲を取り持とうてえ百万石の顔を立ててやるんならそれも良し、礼儀しらずの田舎大名にお江戸の作法を教《おせ》えてやろうてえんなら、それでもかまいやしねえ。ともあれ、白黒ははっきりさせておけ」。

了簡《りようけん》できない思いを、栄治は江戸の夜盗の華「天切り」の技に昇華させ、加賀百万石の大邸宅を的にかける。狙うは天下の名宝、仁清の「色絵雉子香炉《きじこうろ》」だ。

「それにしてもおとっつぁん、相変わらず、いい普請だなあ。(中略)そうじゃあねえ。お世辞なんかじゃねえって……この造作だけァ、どうしたっておいらの手にゃあ、負えねえんだい」(栄治)

「白縫華魁」（第一巻第四夜）

物語は大正六年、松蔵が下谷車坂の長屋で父平蔵、四歳年上の姉さよと暮らしていた頃にさかのぼる。平蔵は酒と博奕《ばくち》におぼれて貧乏を窮めたうえに、途方もない借金をこしらえていた。松蔵の母が死んで四十九日もすまないその年の春、長屋に様子の悪い男が訪ねてくる。「人買いの弥太」と呼ばれる女衒《ぜげん》で、平蔵がさよを吉原の女郎に売ったのだった。「表にァ、生温けえ腐った風がおれっちの貧乏を笑うように吹いていやがった。こう、山から落ちてきた桜の花がぐるぐると渦を巻いてよ、風呂敷包みひとつ抱えて人買いに連れられて行く足元から、まるで花の鎖みてえにあねきの体をふんじばって見えたものさ――」

姉とのせつない別れから四年後、花見客で賑《にぎ》わう上野公園の西郷隆盛像の下で松蔵は同い年の少年と知り合う。慶応普通部に通う並木康太郎というお坊ちゃん。妙に気が合って打ち解けて話すうちに、康太郎の家は吉原の大籬《おおまがき》、左文字楼だと知る。ならば吉原の廓《くるわ》にいる姉と会う手立てがあるのではないかと、康太郎に頼んで松蔵は初めて吉原に足を踏み入れた。折りしもその夜は華魁道中《おいらんどうちゅう》の日。姉の姿をひとめ見たいと、廓のベランダにいならぶ見物の女たちに目を走らせる。しかし姉は思いもかけない姿で松蔵の前に姿を現した。

「誰も気付きはすめえが、今をときめく稲本の常磐や左文字の九重てえ太夫も顔色をなくす角海老の白縫は、この世の不幸てえ不幸をがっしりと担いで立ち上がった、十七の娘だった。苦労てえ化物の艶姿《あですがた》を、俺ァそんとき、この目ではっきりと見ちまったんだ」（松蔵）

「衣紋坂から」（第一巻第五夜）

花の盛りの四月。吉原左文字楼の坊ちゃん、並木康太郎の案内で初めて吉原に足を踏み入れた松蔵は、その夜の華魁道中に思いがけず姉さよの姿を見る。さよは十七歳、「白縫華魁」という名で、吉原一の大籬角海老楼きっての売れっ子になっていた。「おいらがそんとき、屋根の上で腰を抜かしたのも無理はねえ。様変わりこそしちゃいるが、遠目をつかって眩《まぼ》ゆげに、ぱちぱちとせわしねえまばたきをするのァ、他でもねえ、母親ゆずりのあねきの癖じゃあねえかい――」

姉の姿をただ遠くから見つめるばかりだった華魁道中の夜から数ヵ月後、康太郎が力を尽くし、さよと会う段取りを整えてくれた。その道すがら、人買いの弥太が平蔵をたきつけ、さよに五千円の追借を負わせたことを聞きつける。姉を身請けしようという人物がいるらしいのだが、さよに聞きただしても話がはっきりしない。かねてからさよを身請けしてくれるよう松蔵に頼みこまれていた寅弥がひと肌ぬぎ、苦界から救い出そうとするのだが――。

クライマックスは冬の見返り柳。さよと一緒に大門を出て衣紋坂を下り、見返り柳で立ちすくむ松蔵の姿があった。

「おいらを、ひとりにしねえでくれろ。なあ、ねえちゃん。おいら、ちゃんと勉強するし、中学を出たら、一高に行って、帝大にも行って、丸の内のお堅い勤め人になるから。まちがったって、おいら博奕打ちになったり、盗ッ人になったりしねえから」（松蔵）

「残侠」（第二巻第一夜）　第二巻は単行本一九九九年九月、文庫二〇〇二年十一月に刊行

　大正十一年の正月三日、浅草の観音様に初詣にでかけた寅弥と松蔵。お参りのあと、奥山とよばれた見世物の名所、観音堂の裏で居合抜きを冷やかしているとき、奇妙な老人に遭遇する。背筋が伸びた小柄なからだ、盲縞《めくらじま》の尻を端折《はしょ》って、股引《ももひき》に手甲脚絆《てっこうきゃはん》、草鞋《わらじ》履き、柳行李《やなぎごうり》の振り分け荷という旅の渡世人さながらの出で立ち。得体の知れない貫禄をただよわせるこの老人は見事な据物《すえもの》斬りの技をみせ、どこへともなく立ち去ってしまった。

　その翌日、寅弥は向島の初盆の賭場でこの老人を見かける。垢《あか》抜《ぬ》けた手つきに、代貸《だいがし》が手を焼くほどの勝ちぶりは只者ではない。打ち上げの酒にしたたかに酔った老人を寅弥は鳥越に連れ帰る。正体なく酔いつぶれていた老人は、しかし目細の安吉の家と知るといずまいを正して仁義を切った。「手前、生国と発しますは遠州浜松にござんす。渡世の縁持ちまして、親分は清水の山本長五郎、御一新の前に実子盃をいただきやした名前の儀は、政五郎と発します。ご覧の通り四尺七寸の小兵者につきまして、清水の小政の二ツ名をこうむりやす」

　講談や活動写真でお馴染《なじ》みの伝説の俠客《きょうかく》が目の前に現れたとあって、さすがの安吉一家も驚愕《きょうがく》を隠せない。小政はこのあとしばらく鳥越の長屋に逗留《とうりゅう》することに。

「明治七年の五月に静岡監獄で牢死したはずの小政が、どっこい大正も十一年のモダン東京に、生きて姿を現したてえから驚くじゃあねえか。鳥越の長屋に楽旅草鞋の琉球紐《りゅうきゅうひも》を解いた極めつきの残俠が、はてさてどんな騒動を巻き起こしたか——」（松蔵）

「切れ緒の草鞋」（第二巻第二夜）

ひょんなことから鳥越の長屋に逗留することになった清水の小政。伝説の俠客が家にいるとあっては、いつものように浅草で遊んでいても、松蔵はどうも落ち着かない。一方の小政は、噂に名高い目細の安吉の風格に感じいっていた。「それにしても、ここの親分さんの仁義にはびっくりした。いかに稼業ちげえとはいえ、さすがは仕立屋銀次の跡目とまで呼ばれた目細の安吉親分だ。あっしァ思わず、若え時分の次郎長親分のことを思い出しちまって、胸がこう、じんと熱くなりやした」

そんなある日のこと、ふだんは平穏な鳥越の長屋に不吉な影がよぎる。先だっての向島の初盆で、小政の向こうを張ってくれと代貸から無理を言われ、寅弥は賭場の回銭を借りたのだが、金利なし、あるとき払いの催促なしの約束が反故《ほご》にされ、無茶な掛取りをしようというのだ。松蔵と小政が二人で長屋にいるところを、代貸と向島の鉄造とよばれるたちの悪いやくざが、子分を引き連れてやってきた。

「さあて、天保《てんぽう》生まれのやくざ者《もん》の、斬った張ったの渡世の果てに、こんな立派な花道をあつらえて下すった江戸ッ子はさすがに粋だ。（中略）せめてものご恩返しに、明けの烏《からす》がカアと鳴きゃあ、悪者ンのいねえ大川端は、きっといいお日和でござんしょう。なら、みなさん、赤い着物の地獄旅、切れ緒の草鞋を下駄《げた》にかえて、これよりとくとくめえりやんす。どなたさんも、ごめんなすって」（清水の小政）

「目細の安吉」（第二巻第三夜）

ある冬の夜、活動写真館や露店のアーク灯が妖しく輝く浅草を、松蔵を連れて約束の場所に向かう安吉の姿があった。目指すのは凌雲閣のふもと、銘酒屋を名乗る私娼窟《ししょうくつ》がこみいった路地に立ち並ぶ場所。東京地検のおしろいこと、白井検事が安吉を待っているという。

抜弁天の屋敷を出て以来、音沙汰のなかったおしろいから呼び出されたと聞いて、もしや安吉が捕われるのではないかと怖気《おじけ》づく松蔵に、安吉は「サツは仇《かたき》じゃねえ。おたげえ持ちつ持たれつの身内みてえなものさ」と言う。「いまにわかる。ただし、いくら身内だからといって、気を許しちゃならねえ。こっちが一歩ひいたら、向こうは一歩つめてくる。睨《にら》み合ったまま飯を食う、油断のならねえ身内だ。（中略）男同士の達引《たつぴき》がどういうもんか、よく見ておけ。いいな」

銘酒屋で待ち受けていたおしろいは、警視総監の岡喜七郎の提案を伝える。気のある返事をして店をあとにした安吉に松蔵は食ってかかる。

二日後、東京駅に降り立つ岡警視総監を出迎える安吉。いったいどんな返事を返すのか、松蔵は美しいドームを抱くステーションホテルの回廊から親分の姿をじっと見つめていた。

「江戸の巾着《きんちゃ》っ切りは一子相伝、中抜きの荒芸を大正ロマンのまっただなかに咲かせた最後の徒花《あだばな》、人呼んで目細の安。大東京の紳士てえ紳士、傑物てえ傑物を慄《ふる》え上がらせた名人の仕事っぷりを、俺ァたしかに、この目で見ちまったんだ――」（松蔵）

「百面相の恋」（第二巻第四夜）

帝大法科の偽学生、書生常こと常次郎の住まいは本郷菊坂の古びた学生下宿。下宿のおかみは青島《チンタオ》攻略で夫を失った戦争未亡人。美人で気立てがよく、しかも御茶の水の女子高等師範に通う才媛、ひとり娘の静子は常のことを憎からず思っている。

時は大正十、十一年頃。第一次大戦の戦争特需による好景気もつかのま、大正九年の株式市場の大暴落のあおりをうけ、おかみは虎の子の貯金を失ったうえに、銀行からは借金返済の催促で、このままでは抵当に入っているこの下宿が銀行の差し押さえにあってしまう。

「銀行がせっついている二千円の銭ァ、さしずめ今でいやァ何千万かの大金だろうが、むろん常兄ィにゃヤマを踏まずともどうにかなる金さ。だが、銭にァ名前《なめ》ェが書《け》えてある。景気のいい時分にァ揉《も》み手《で》をしてた銀行が、てのひら返して立ち退きを迫るてえその性根が、常兄ィにゃ許せなかったのさ――」。お気に入りの下宿の危急を救おうと、書生常はそのとびきりの度胸と頭脳で、松蔵を共犯にくんで大銀行を的に仕事をしかける。

そのしばらくあと、三四郎池のほとりにたたずむ常次郎と静子の姿があった。

「さてさて、池のほとりに花が散り、月も朧《おぼ》ろに白魚のてえまっしろな手が、こう、するすると紺絣《こんがすり》の腕を引き寄せたと思いねえ。本多さん、いえ常次郎さんと呼ばしてもらいます。どうか一言、後生でございますから君を愛していると、その唇でおっしゃって下さいましな。ねえ、お願い……」（松蔵）

「花と錨」（第二巻第五夜）

春の日曜の午後、人もまばらな銀座のカフェ・インペリアルで、おこんは荷風先生になにやら相談を持ちかけていた。このところ正体のわからない青年がおこんにつきまとっているという。尾張町の交差点で見かけたおこんに一目ぼれをしたらしい。お坊ちゃん面の閑人といえば、荷風が教えている慶応義塾の学生にちがいないと訴えていたのだ。「銀座の縄張内《シマウチ》をつかず離れず追っかけられたんじゃ、いかに玄の前のおこんといったって手も足も出ませんよ。ましてや私《わ》っちに想いを寄せてる男が見張っていると思や、指先も鈍りますさあね」

やがてその青年の正体が明らかになる。その男は、海軍中尉、峯岸真吾。まもなく戦艦陸奥に乗り組み、呉へ向けて出発するという。峯岸中尉が松蔵に託した手紙は、安吉親分も捨ておくわけにはいかぬ真情が溢れていた。「こりゃあおこん、尋常の付け文じゃあねえぞ、男ん中の男が肚をくくった代物だ。嫁に欲しいという申し出を、受けるにせえ断るにせえおめえの胸先三寸だが、これだけの仁義を切られりゃ、いずれにせえきちんとご返答はせずばなるめえよ」

心を決めたおこんは峯岸が待つ尾張町の停留所に向かう。いったいどんな返事をどのように伝えるのか――。

「惚れた腫れたは人の勝手だが、しょせん花に錨《いかり》は似合わねえ。そうじゃありませんかい、親分」（おこん）

「黄不動見参」（第二巻第六夜）

ある年の瀬に、加賀百万石の大屋根にすっくと立ちあがる栄治の勇姿を目撃して以来、「天切り」の技に憧れてやまない松蔵。その願い叶って、天切り修業を始めることになった。

「天切りの荒芸は、富蔵藤十郎の昔から八百八町の大向こうを唸らせるてえ夜盗の華、身につけるにァてめえがよしんば鼠小僧の生まれ変わりにせえ十年かかる。まずは手始めに、天切りたァどういうもんか、そのあらましの逐一を、わかりやすく見せてやらずばなるめえの」

畔挽鋸《あぜひきのこ》、釘抜《かじや》、小玄翁、追入鑿《おいれのみ》、向町鑿、平鑿、四方錐《しほうぎり》という天切りの七つ道具を講釈すると、栄治は松蔵を引き連れて滝野川の洋館に向かう。ここはすでに昼間下見をすませた場所。留守に忍び込んだところを帰宅した奥さんと鉢合わせしてしまったが、栄治は堂々と物件を探しにきた大店《おおだな》の若旦那のふりをして、難なく切り抜けた。栄治の男振りにぼーっとなった奥さんが手渡してくれたハンカチーフも今回の天切りの重要な小道具だ。

夏の夜更け、赤い屋根の洋館の前に降り立ったふたり。栄治は七つ道具に最も大事な「心意気」を携えて、藤棚伝いにひらりと屋根に飛び移る。松蔵もあとに続き、記念すべき天切り修業の第一歩がはじまった。

「江戸の華てえ天切りの技を、大正ロマンのまっただ中にバッと咲かした黄不動の栄治は、男にせえ女にせえ誰もがほうと溜息《ためいき》をつくような男前だったぜ。俺ァ、あんなに格好のいい男を、二人とは知らねえ——」（松蔵）

「星の契り」（第二巻第七夜）

親友の並木康太郎の家、吉原の左文字楼に泊りがけで遊びにきていた松蔵は、島田を結った初々しい娘に目をとめる。初菊という名でまもなく初見世《はつみせ》に出る十六歳。康太郎の伯父、四代目中村燕蔵について、たどたどしくも懸命に小唄の練習をする初菊に、松蔵は若くして死んだ姉を重ね合わせてたまらない気持ちになる。

大理石の露台で星を見上げながらギリシャ神話のオルフェウスの話をする初菊。その横顔を見るうちに松蔵は、ぜがひでも初菊を欲しいと思う。

松蔵のたっての頼みをうけて、康太郎はまずは燕蔵伯父さんに事の段取りを聞いたうえで、後見人の寅弥に談判する。「僕だって八代続いた左文字の跡取りだ。ここまで虚仮《こけ》にされたんじゃあ、江戸ッ子の名がすたる。寅弥さんを男と見こんで頭を下げたことの、いったいどこが了簡ちがいなんだか、この場できっちりと話をつけさしてもらうよ」

康太郎と寅弥の侠気が実って、ついに七夕の晩、松蔵の願いが叶《かな》うことに。しかしいざ初菊に向かい合うと、姉のことが思い出され、松蔵はたまらない気持ちになったのだった。

「惚れた女は抱く。だが抱いたからにァ、てめえの命は女のもんだ。したっけてめえも男になったなら金輪際、蓮っ葉《はすっぱ》な気持ちで惚れた腫れたなんぞと口にするんじゃあねえぞ。わかったか」（寅弥）

「春のかたみに」（第二巻第八夜）

青空が桜吹雪に霞むような春の日、栄治に付き添われた松蔵は、日本堤《にほんづつみ》の警察署の霊安室でじっと立ちつくしていた。父平蔵が待乳山の野宿場《おかんば》で死んだのだという。肺を病み、最期は土管の中で血反吐《ちへど》にまみれていたらしい。松蔵の前には、父の遺骨と、父が死んだときも胸に抱いていたという母の遺骨があった。

安吉が鳥越の長屋で平蔵の弔いをしようとはからうが、松蔵は猛反発する。「おいらのおとっちゃんはおっかちゃんをいじめ殺した。ねえちゃんを女衒に売りとばして殺した。食われずに生き残ったおいらが、何でおとっちゃんを極楽往生させなきゃならねえんだ。地獄に落ちるのは当たりめえだ。閻魔《えんま》様が堪忍したって、おいらは許しゃしねえ」

悪態をつく松蔵を安吉はしたたかに殴り飛ばす。安吉から破門され、両親の遺骨を振り分けに担いで浅草をさまよう松蔵。偶然行き会った荷風先生と、桜が咲き誇る大川の土手を歩いて行き着いた先は三ノ輪の浄閑寺。ここで松蔵は思いがけないものを目の当《あ》たりにして、かたくなに結ぼれていた心が一気にほどけていった。

「おいらの体を流れてるろくでなしの男の血は、おいらを限りに絶やします。そんで、おいらが地獄に落ちりゃあ、めでたし、めでたし。みんな、おいらを許してくれろ。おとっちゃんもおっかちゃんもねえちゃんも、みんなの不幸を指くわえて見てたおいらを、どうか許してくれろ。貧乏も病気もねえあの世で、親子三人、仲良く暮らして下さい」（松蔵）

「初湯千両」（第三巻第一夜）　第三巻は単行本二〇〇二年二月、文庫二〇〇五年六月に刊行

日本中が第一次大戦の特需景気で浮かれていた大正半ばのこと。大晦日《おおみそか》に一年の垢を落とそうと行きつけの湯屋に出かけた寅弥と松蔵は、湯銭を落として泣いている男の子に出会う。少年の名は勲《いさお》。父はシベリア出兵で戦死し、いまは母とふたりで暮らしているという。湯屋で身の上話を聞いた寅弥は、からだをごしごし磨いてやったあと勲を家まで送っていく。

勲の家は四畳半一間の破《や》れ長屋。正月の支度とてなにもなく、貧しさがきわまっていることが見てとれた。毅然とふるまう勲の母に、寅弥は思わずこう言うのだった。

「いらぬ戦にかり出されて死んだことが、名誉の戦死でござんすかい。いいや、よしんばんな大義の戦にせえ、鉄砲玉に当たって死ぬことに名誉も矜《ほこ》りもあるもんか。倅《せがれ》にそんな武勇伝なんぞ教《おせ》えたら、あんた二度泣くことになりやすぜ。坊ちゃんをいっぱしの男にしたかったら、死ぬことよりもまず、生きることを教えなせえ」

寅弥が戦争を、軍人をはっきりと憎むのにはわけがあった。かつて寅弥は日露戦争に軍曹として出征し二百三高地一番乗りの武勲をたてた。しかしそのときに見た戦場の惨状、大勢の部下を死なせた罪悪感はいつも寅弥を苛《さいな》んでいたのだ。勲母子と出会い新たな疼《うず》きを覚えた寅弥は、元旦の闇を切って仕事にかかる。的はあの戦場で行き会った、あの男だ――。

「初湯千両かあ……寅兄ィは格好いいなあ。親分も栄治兄ィも、常兄ィもおこん姐さんもみんな格好いいけどよ、この初湯千両てえのは、ちょいと真似ができねえや」（松蔵）

「共犯者」（第三巻第二夜）

ところは東海道本線の最大急行列車の一等展望車。大阪から秘書と上京中の船成金、榊原藤吉郎は、美しい婦人に目を奪われた。年の頃は二十五、六。リリアン・ギッシュによく似た可憐な表情に高貴な雰囲気を漂わせている。外交官出身らしくそつなく会話の切っ先をつかんだ秘書の宮田は、この令嬢としばらく話をするうちにとんでもないことに気がついた。どうやら彼女は華頂宮《かちょうのみや》の姫君らしいのだ。貴顕社会に憧れてやまない榊原は、公侯伯子男を飛び越して一気に宮家に近づいたことに武者ぶるいする。

秘密のランデブーで京都に出かけていたらしい令嬢を、榊原の車で東京駅から宮邸までお送りすることに。「ご存じなければ、わたくしが御案内いたしますわ。品川駅から石榴坂《ざくろざか》を上って、お向かいが朝香宮《あさかのみや》様、竹田宮様、北白川宮様。両隣りが毛利公爵と奥平伯爵。今後のお付き合いもございましょうから、しっかりとお覚えなさい」。到着した先は鬱蒼《うっそう》とした森に囲まれたアール・ヌーヴォーの御殿。いかにも宮家らしい使用人の気配、さらには華頂宮殿下ご自身も姿を見せる。とんとん拍子の成り行きに感激する榊原は、とっさにある行動に出るのだが——。

「そのハンカチーフは、フランス製のたいそう高価なものなのです。もしかしたら、船一艘《そう》ぐらいの値打があるかもしれません。大切になさい」（華頂宮殿下）

「宵待草」（第三巻第三夜）

クリスマスで賑わう銀座の街。おこん姐さんはいつものようにカフェ・インペリアルで買い物帰りのひとときを過ごしている。うれしそうに眺めているのは、娘の頃から贔屓《ひいき》にしているという竹久夢二の美人画の絵葉書。年賀状がわりに使おうと浮かれているおこんの目にふと、自分を見つめる男が目に入った。その男こそ、まぎれもない竹久夢二だった。

すかさず夢二に近づくおこんだったが、夢二もおこんに見惚《みと》れ、絵のモデルになってもらえないかと思っていたのだという。そして、イブの当日、ふたりは連れ立って、駿河台のニコライ堂のミサに出かけることに。

夢二は働きながら独学で絵を描き続けた苦労人。夢二がつくりだす美人画、絵葉書、便箋などの小物に至るまで大人気を博していた。「きれいなものばっかし見てきたやつは、本当にきれいなものの有難みがわからねえ。きたねえ世の中をはいずり回ってこそ、きれいなものがはっきり見えるのさ。だから上野の山の帝展文展はガラガラでも、竹久夢二の展覧会は押すな押すなの大盛況――」

夢二は恋多き男でもあった。おこんとのしばしの邂逅《かいこう》でその愛の遍歴が語られる。

「惚れた女はよほどの別嬪《べっぴん》だったんだろう。とても私っちみたいな莫連《ばくれん》の出る幕はないさ。ま、婆ァになるまで、竹久夢二の美人画をせいぜい贔屓にさしていただきますよ」（おこん）

「大楠公の太刀」（第三巻第四夜）

遅咲きのしだれ桜が雨に濡れる、ある春の日。栄治は幼なじみの宮子を郊外の肺病院に訪ねる。宮子は「小龍」の名で一世を風靡《ふうび》した赤坂芸者だが、肺を病みすでに余命いくばくもない。「小龍」という名は、楠木正成の愛用で明治天皇が軍刀に用いた名刀「小龍景光」の名に由来する。宮子がまだ禿《かむろ》の時分、伊藤博文が膝にのせ、その名を与えてくれたのだという。「今となってみれァ、伊藤公も罪な名前をお付け下すったもんさね。重たくって、胸がつぶれちまう」。栄治は本物の「小龍景光」を見さえすれば、宮子が名前が重いと悩むその気持ちも軽くなるに違いないと考え、安吉親分に相談を持ちかける。相手は皇室が所有する「御物」。おいそれと表に出てくるものではない難物だ。そこを「俺にだって、無理を言う親ぐれえはいる」と安吉が出かけた先は、千駄木の森鷗外邸であった。

栄治、安吉、鷗外、そして路地裏に潜む天下の刀匠、石堂是光。俠気にあふれる男たちが赤坂小龍に夢をみせてやりたいと、持てる力を結集する。

「いい話じゃあねえかい。伊藤博文のかけた魔法を、幼なじみのおめえが解いてやるってえ、そのばかばかしさ加減が粋ってもんだ。御一新からかれこれ六十年近くもたとうてえのに、どっこい江戸ッ子の心意気は生きていたってわけさ。いいか、若ェ衆《わけし》。宵ごしの銭を持たねえってのは、ただ金使いが荒いってえことじゃあねえ。俺っちァ銭金じゃ買えねえ心意気を、この懐にたんと抱えているってこった」（石堂是光）

「道化の恋文」（第三巻第五夜）

ある秋の午後、青山の銀杏が見頃だと康太郎が松蔵を誘いに鳥越の長屋にやってきた。銀杏というのは口実で、実際のところは通学帰りの女子学習院の女学生を見物するのが目的なのだ。美しいお姫様がたに目を奪われるふたりだったが、小さな児童公園にいる小柄な少年に気がつく。彼の名は花谷仁太。樫山大サーカスの花形道化、チャーリー・ハナのひとり息子。生まれた頃から旅回りの生活で落ち着いて学校に通うこともできない境遇にもかかわらず、とびきりの秀才で府立一中に通っている。この公園で鉄棒の練習をしているのだ。

ある時女子学習院のお姫様、青山歌子が仁太に恋文を寄越す。真摯な文面にどうしていいか考えあぐねた三人は荷風先生に相談を持ちかけた。一見もっともらしいアドバイスをした荷風先生に松蔵は憤る。「いくらきれいごとを言ったたってよ、つまるところこいつはお遊び事なんだから、本心《マブ》でかかわるなってえこったろう。華族のお姫様と道化の倅じゃ分限がちがうから、やめとけってこったろうが」

折りしも仁太の父、チャーリー・ハナは病気で一時休演することに。その休演挨拶の興行にくだんのお姫様が姿をみせる――。

「おいら、サーカスの子なんです。あの道化がおいらのおとっつぁんで、お金も勲章もないけど、おいらがどう逆立ちしたってかなわねえ、えらい人なんです。どうか精一杯、笑ってやって下さい」（仁太）

「銀次蔭盃」（第三巻第六夜）

時は現代、桜田門の警視庁の道場で、刑事三十人が居並ぶまえにいずまいを正して話をはじめようとする松蔵翁の姿があった。話のはじめに袱紗《ふくさ》からまず取り出したのは素焼の小さな盃。安吉親分が松蔵におろした盃である。つづいて懐から出した革の巾着からは、輝かしい銀の盃。本来親子盃はふたつあってはならないものだが、この銀の盃はゆえあって大親分、仕立屋銀次からおろされたという。そして話は、大正八年の真冬の網走にさかのぼる。

その前年、官憲と手下の裏切りで網走に逆送された仕立屋銀次。これを銀次は、安吉が自分の跡目をとりたいがために企んだことと誤解している。「盃てえものは忠義のしるしじゃあござんせん。信義のあかしでござんす。けっして親兄弟を裏切らねえと誓いを立てて、血よりも濃い水を酌み交わすのが、盃事というものでござんす。だから親にしてみれァ、子に裏切られることは何よりつれえ。ましてやそれがとんだ誤解であったんなら、子分の立つ瀬はござんせん」

安吉は銀次に会って直に申し開きをしたいと松蔵を連れて網走に向かう。そこで目にしたのは、鬼のような典獄にいじめぬかれて衰え果てた銀次の姿だった――。

「二千の親になるよりも、私ァ親分ひとりの子でいてえんだ。ひとりの親のために、二千の子を路頭に迷わすのは不義でござんすか」（安吉）

「昭和侠盗伝」（第四巻第一夜）　第四巻は単行本二〇〇五年五月、文庫二〇〇八年三月に刊行。

時代は移って昭和九年の東京。大正十二年の関東大震災から復興し、華やかなモダン東京を謳歌《おうか》した日々は過ぎ去りつつあり、次第にきなくさい世の中になろうとしていた。

そんなある日のこと、寅弥が意気消沈して安吉宅にやってくる。鳥越の湯屋で知り合って以来十五年、本当の息子のようにいつくしんできた勲に召集令状がきたのだという。できるものなら自分が勲の代わりに戦に行きたいと涙する寅弥。その姿を見て松蔵は、せめて一文の得にもならない仕事で国の無体に抗《あらが》いたいと考えた。「屁《へ》のつっぱりでも、目細の看板をしょったおめえらに、ケチな仕事は許さねえ。いいか、松。殿下閣下もかまやしねえ、盗れて困らぬ天下のお宝、一切合財《いっせえがっせえ》かっぱらってきやがれ。ぬかるんじゃねえぞ」

松蔵が向かった先は帝国ホテル、常次郎の住まいである。自分ひとりでは知恵が足りないと、常次郎とおこんを巻き込もうというのだ。常次郎が考え出した絵図は、若い者を戦争にかりだす軍国日本の中枢を的にかけるというもの。まさしく一文にもならぬが胸のすく大仕事、いったいどんな「屁のつっぱり」を見せようというのか――。松蔵が今回天切りを仕掛けるのは、「生ける軍神」、東郷平八郎。

「万歳を言うかわりに、俺ァいっぺんだけおめえに説教をする。いいか、まちがったって実のてて親のところになんざ行くな。もういちど俺のところへ帰ってこい。死んで軍神になるくれえなら、生きて卑怯者《ひきょうもの》になれ。いいな、イサ。おっちゃんと約束しろ」（寅弥）

「日輪の刺客」(第四巻第二夜)

昭和十年八月、駒形の前川で鰻を食べていた安吉と松蔵は、場違いな軍人の姿に目を留めた。その陸軍将校はどうやら財布を掏られたらしい。なすすべもなく座敷に座っているところを見かねた安吉が救いの手をさしのべる。この人物は陸軍中佐相沢三郎。台湾への赴任をまえに、福山から上京してきたところであった。安吉は相沢を青山のアパートに連れ帰りしばし話をするが、なんとはなしに気がかりをおぼえる。

翌朝、場所はかわって帝国ホテル。陸軍省軍務局長永田鉄山を囲む朝食会が中庭で開かれていた。「このさきの軍隊を改革できるやつァ、あの男をおいてほかにはいねえ。野郎がいずれ陸軍大臣になり、あわよくば内閣総理大臣に大命降下のそのときにァ、日本も変わる、軍隊も変わる。永田鉄山少将が陸軍の至宝と崇め奉られるのァ、もっともな話なんだぜ――」

バンケット・プロムナードで永田鉄山と語らった常次郎は、松蔵からきいた相沢中佐の話と考え合わせ、何事かが起こると予感する。部屋にとってかえし陸軍少佐に変装し、三宅坂の陸軍省に向かう常次郎。途中で軍刀を下げた相沢中佐と行き合うが――。

「俺ァねえ、親分。閣下とお会いしたとき、あの華奢《きやしや》で賢い将軍が、日本そのものに思えて仕方なかったんです」(常次郎)、「それを言うんなら、常。実は俺も前川の座敷で相沢中佐を見かけたとき、そこにうまく物を言えねえぶきっちょな日本人が、のそりと座っているような気がしたぜ。あれも、日本そのものと言やァそうだった」(安吉)

「惜別の譜」（第四巻第三夜）

相沢三郎中佐が永田鉄山少将を陸軍省内で殺害した事件からおよそ一年後、昭和十一年七月、相沢の妻、米子が福山から上京してきた。東京駅で米子を出迎えるおこんと松蔵。前川で相沢中佐と行き会って以来、安吉は相沢や相沢の家族のことをなにくれとなく気遣っているらしい。涙も枯れ果てたような米子の表情やつつましい風情に松蔵は胸をつかれる。

安吉が米子に相沢の処刑が二日後に決まったことを告げる。翌日の面会に付き添うよう松蔵に言いつけるが、それまで黙っていたおこんが言う。「この日本にァ、せずともいい戦にかり出されて、虫けらみてえに殺されちまった兵隊がゴマンといるんだ。（中略）兵隊ごろしの将校が殺し合って、いったいどこが気の毒なんだ」

おこんの悪態に顔を被ってしまった米子に安吉は、「つまるところは江戸前の職人てえわけでして、口の悪いのァどうかご勘弁下さいましよ。ただしね、奥さん。あたしァ、伊達《だて》や酔狂でお力添えをさしていただいてるわけじゃあござんせん。（中略）目細の安吉は天下に仇《あだ》なす盗ッ人でござんすが、味方のいねえ人の味方でござんす。ただそれだけのこって」。

相沢が泰然と死んでいったあと、福山に戻る米子と同じ汽車におこんが乗ってくる。米子が何度も読みかえす相沢の遺書には、ある暗号めいたものが書き残されていた。

「米子さん。あんた、ちっとも不幸な女じゃないよ。展望車に乗ってる新婚さんより、ずっと幸せだ。こんなラブレターをもらえるんだから、今だってハネムーンじゃないか」（おこん）

「王妃のワルツ」（第四巻第四夜）

　昭和十二年のある夜更け、松蔵は赤坂氷川町の嵯峨侯爵邸を天切り、当主の寝室に忍び込もうとしていた。この年の二月、清朝の末裔で満洲国皇帝の弟愛新覚羅溥傑と嵯峨侯爵令嬢浩との婚約が発表された。この政略結婚をお膳立てした関東軍や政府の思惑に憤った松蔵は、侯爵邸の金庫から結納金を盗み出し、世間に目にもの見せてやろうとしたのだが、寝室にいたのは当主ではなく、嵯峨浩その人であった。

　噂にたがわぬ美貌、天衣無縫な笑顔で憧れの黄不動が来てくれたと大喜びする浩。頬っかむりをとった松蔵を見てがっかりするが、気を取り直した浩は松蔵にこんな頼みごとをする。

「お嫁入り前に一度だけ、黄不動さんと会わせて下さいな。わたくし、一等好きなお方に身も心も捧げてしまいたいの。ほんとうは、きょうがその日になるはずだったのに」

　松蔵は肺を病んでサナトリウムで療養中の栄治に一時退院してもらい、浩の願いをかなえようと企画したのは帝国ホテルでのダンスパーティ。広壮にして華麗なバンケットルームに、盛装の紳士淑女があつまり、栄治も病をおしてシルクハットにテールコート、純白のボウ・タイという出で立ちで帝国ホテルに現れた――。

「おひいさん。あんたは果報者だぜ。こんな立派な男に見こまれたんだ、もう二度とわがままを言っちゃならねえ。さあ、舞踏会に戻りな。殿下は、俺なんぞよりずっとダンスがお上手だ」（栄治）

「尾張町暮色」（第四巻第五夜）

関東大震災後のモダン風俗の先端をいく東京銀座。おしゃれなおこん姐さんは、今日も大繁盛中のデパート、松屋でお買い物中である。吹き抜けが心地よい店内で軽音楽に耳を傾けながらふと階下を見下ろしたとき、ある女の姿が目にとびこんできた。

短髪《ボブ》に膝丈のスカートにエナメルのハイヒール。映画女優ばりの美貌は、かつておこんの妹分で「フラッパアのお銀」という名で鳴らした女掏摸、銀子であった。しかし銀子はエリートサラリーマンに見初められてこの稼業から足を洗ったのではなかったか——。

おのぼりを的に下手な仕事をしてあやうく捕まりそうになった銀子を、おこんは鮮やかな手並みで救う。おこんは婚家で銀子に起こった出来事を聞き、あることを心に決める。「とさかにきて刃傷沙汰に及ぶほど、おこん姐御は下衆《げす》じゃあなかった。いつの世にも銀座通りを歩けァ、いい女はいくらだって拝めるがよ。上ッツラばかりじゃなくって、居ずまいたたずまいから、やることなすこと言うことまで、あれぐれえいい女を俺ァ二人と知らねえ」

銀子の元夫、津村はじつはおこんとも関係があった。良家の御曹司だが軽薄なモダンボーイ。銀子の話をきいた翌日、おこんはモガのファッションに身を包み、丸の内のオフィス街で津村を待ちぶせた。

「てめえの身ひとつの辛抱ならいくらでもせせえ。だが、他人の辛抱を見て見ぬふりしちゃならねえ。それが恥だ」（安吉）

「男意気初春義理事」（第五巻第一夜）　第五巻は単行本二〇一四年一月に刊行

大晦日の赤坂見附交番。氷点下の寒気に震える若い巡査の前に、綿入れ半纏《ばんてん》を着た老人が歩み寄ってきた。「寒そうにするのはみっともねえぞ」と小言をいう親しさかげんは一体何者かといぶかしむうち、老人はさっさと交番にあがりこんだ。「おめえ、いい面構えをしてるぜ」と老人・松蔵翁がはじめた昔語りは、若い巡査の心をわしづかみにするものだった。

松蔵十二、三歳の年の瀬。真夜中に安吉一家が暮らす長屋の戸を叩く者があった。転がり込んできた浮浪者と見まがう風体の男は、同じ仕立屋一門の天狗屋《てんぐや》子分、シャッポの新吉。このために網走監獄を脱獄してきたという新吉から思いがけない事実を知らされる。仕立屋銀次が網走で獄死したというのだ。「銀次親分はいまわの際に、目細にだけは伝えてくれろとおっしゃいやした」

月明かりのなかに寝巻姿であらわれた安吉は闇の声音である決意を告げる。安吉は大正七年、白井検事と仕立屋一門の兄貴分に謀られ、放免されたばかりの銀次を再び網走に追いやった苦い過去があった。そのとき一門とは袂《たもと》を分かったものの、自分の親は銀次ただ一人と、揺るぎない忠義を誓っていた。

安吉の命を受けて一門の親分衆に回状を届け、仁義を切る一家の面々。初春の浅草、伝法院で安吉たちが繰り広げる男意気の舞台とは――。

「さんざ不孝をしちまったが、親の弔《とむれ》えぐらいは出さしてもらうぜ」（安吉）

「月光価千金」（第五巻第二夜）

正月明けのある日曜日。銀座のカフェ・インペリアル。おこんが永井荷風を呼び出して相談事を持ちかけている。なんでも「例の変態」が正体をあらわした、と。おこんは百人の男とすれちがえば、百人の男が振り返る美貌の持ち主。色恋沙汰はめずらしくないが、尾張町の十文字で毎夜ダイムラーをとめて待ち伏せする「変態」から求婚されたというのだ。その人物とは住之江財閥の若き当主、住之江康彦男爵。慶應出のアメリカ帰り。長身のハンサムで大金持ち。荷風は分不相応のコンプレックスに悩んでいるなら要《い》らぬ心配だと言い、「あの安吉親分が手塩にかけて育てた子分なら、どこのどなた様よりも男爵夫人にふさわしいはず」と励ますが、おこんは物憂げだ。「も少しまともなことを言って下さるかと思いきや、いったい先生も御曹子も、アメリカで何のお勉強をなすっていらしたんだえ」

おこんの脳裏にうかぶのは、東海道線の車中で安吉と初めて出会った幼い日のことだった。九歳で磯子の孤児院を抜け出し、必死でその日その日を生きていたおこんの窮地を救ったのが安吉だったのだ。

プロポーズの返事のため、横浜のホテルニューグランドの新年ダンス・パーティに向かうおこん。海岸通りのホテルからはビング・クロスビーの甘い歌声が溢れ出ていた。

「みんな、知らん顔だよ。だからおにいさんも、知らん顔をしてよ。石ころみたいなもんなんだから」（おこん）

「**箱師勘兵衛**」（第五巻第三夜）

昭和の初め。寅弥と松蔵は信越線に乗って信州・佐久に向かっていた。

寅弥には毎夏欠かさないならわしがあった。二百三高地で戦死した部下の家を訪ね歩き、線香を手向け、多額の香奠《こうでん》を供えて立ち去るのだ。日露戦争から二十余年、安吉さえ「寅の律義もたいがいにさせろ」と言うが寅弥は頑として聞き入れない。部下の未亡人で関東大震災で行方知れずになっていた田中うめの消息をようやくつきとめ、今回の旅となったのだった。その車中、珍しい人物に会う。箱師勘兵衛。箱師とは列車を仕事場にする掏摸のことで、勘兵衛は明治の世に名を知られた伝説の箱師だった。

ようやく再会したうめは貧しい山村で所帯を持っていた。二番目の夫とのあいだに子が生まれていたが、前夫の忘れ形見である二人の子供の姿がない。うめの新しい夫はどう見ても堅気ではない、怪しげな男だった。引き留められるままに泊まることになった二人だが、夜ふけ、うめから震撼《しんかん》する事実を知らされることとなる。ひとしきり嘆いたのち、寅弥は静かに語り出した。「おうめさん、黙って聞いてくれ。何も言っちゃならねえよ」

一夜明けた帰路の車中、寅弥たちは再び勘兵衛に会い、思いがけない「土産」をもらうことになる。

「一緒にくたばるはずが生き残っちまって、面目ねえって気持ちにァ、しめえも終わりもあるもんか」（寅弥）

「薔薇窓」（第五巻第四夜）

昭和八年二月。フランス人の神父が安吉を訪ねてきた。彼の名はブリュネ神父。安吉は「家《ヤサ》から一等近くの神仏」と理由をつけて、青山の丘の上にあるブリュネ神父の教会へ盆暮にまとまった寄進をしていたのだった。聞けば神父は、千代子という殺人をおかした女を教会に匿《かくま》っているという。千代子は自首をするつもりだが、神父は彼女の魂を救済したい、そのために安吉の力を貸してほしいというのだ。親分には何のかかわりもないことと憤る寅弥をたしなめる安吉。「神父さんは一文の得にもならんことをなすってらっしゃるんだよ。そういう人の話はきちんと聞かなければいけない」

千代子は、貧しさから九つで製糸工場に奉公に出た。きつい労働だが三度のご飯が食べられ、独学で勉強もできるささやかな幸せ――しかしそんな日々は、第一次世界大戦後の不況に吹き飛ばされてしまった。甘言にのせられて東京・深川の遊廓に売り飛ばされ、やがて玉の井の私娼窟へと流れついた千代子。口入れ稼業で繁盛する矢筈の長次に身請けされ、ひと心地ついたが、それは新たな不幸の始まりだった。村を出るときに駅で見送ってくれた常石先生の思い出を心の支えに、人間としてまっとうに生きたいと苦悶《くもん》し、逡巡《しゅんじゅん》する千代子に、ある夜、長次が突きつけた言葉と仕打ちは、あらぬ方向へと彼女の背中を押してしまう。

時がたち、礼拝堂の薔薇窓《ばらまど》を見つめる千代子の前に安吉の姿があった。

「夢じゃあないよ。夢は大切にしておけば、いつか夢じゃなくなる。きっとそうなる」（安吉）

「琥珀色の涙」（第五巻第五夜）

昭和七年秋、震災後に大きな変貌を遂げた浅草、吾妻橋たもとの神谷バー。栄治と松蔵、そして栄治の養父・根岸の棟梁がデンキブランを酌み交わしていた。結核で長く入院していた栄治は命の心配がなくなるところまでこぎつけた。お互いを気遣うやりとりが続くなか、天下一の名大工といわれる棟梁が「この齢《とし》になって、ようやっと納得のいく仕事をした」と言う。施主はと問うと、あろうことか栄治の実父・花清の大旦那だという。その名を聞くなり栄治は激高し、二度言ったら口が腐ると後で悔いるほどの悪態をついて店から飛び出してしまう。「俺は三十五年の間、おめえさんを実の父だと信じてめえりやしたが、向後面態《きょうこうめんてえ》、親でも子でもござんせん、ごめんなすって」

事のあらましを聞いたおこんは、施主の名をあえて告げた棟梁の真意を推し量り、栄治を諭す。しばらくのち、松蔵を連れた栄治の姿が成城学園前の屋敷町にあった。ここに棟梁が手がけた花清の大邸宅があるのだ。まわりの林や竹藪《たけやぶ》や田園と美しく調和した壮麗なたたずまいに息をのむ二人。それは「完璧な屋敷」と言うしかないものであった。

その日、神田三河町の下宿にとってかえした栄治は心に決めて、装束と道具をひと揃い取り出したのだった——。

愛する「父」の思いにこたえた栄治には、しかし、避けられない現実が待ち受けていた。

「おとっつぁん。いやとは言わせねえ。取っておきない」（栄治）

「ライムライト」（第五巻第六夜）

昭和七年五月十四日。日比谷・帝国ホテルの玄関には歓迎の提灯がずらりと並んでいた。喜劇王チャップリン来日の夜である。帝国ホテルのレジデント（住人）本多博士こと常次郎を訪ねた松蔵は、耳を疑う話を聞く。折しも血盟団事件が起きた矢先、クーデターをもくろむ軍部によるチャップリン暗殺計画があるという。しかも翌十五日にはチャップリンと犬養首相との会食が予定され、首相もろとも恰好《かっこう》の的になってしまいそうだ。チャップリンと面会した常次郎はある依頼を受ける。あまりのことに松蔵は常次郎を引き止めるが、常次郎は意に介さない。「待てと言われた盗ッ人の、待ったためしがあるものか。飯にしようぜ」

同じころ寅弥は、浅草で映子という少女と出会った。帝国館の映写技師だった父は昨年の春応召したという。映子は父の帰りと『街の灯』の公開を待ちわびていた。その思いを知った寅弥は常次郎に映子のために頼みごとをする。

五月十五日、歴史に刻まれる一日がやってきた。総理官邸を襲った士官候補生は、邸内でチャップリンを見つけると――。

そして東京を揺るがせた一日が更けようとする頃、浅草・帝国館では、奇跡のような一幕が繰り広げられていた。

「れえむれえとだ。松公、これがせんに話した、れえむれえとだぜ」（寅弥）

●写真協力（掲載順）

石黒コレクション（74、77、86、104頁）、江戸東京博物館／東京都歴史文化財団イメージアーカイブ（75、83、89頁）、台東区立下町風俗資料館（76、78、97、245頁上）毎日新聞社（79、85、91、107、113、114、118、122、123、129、191、192、194、196〜200、225、229、231、245下、249下、253、255頁）、『新撰東京名所図会』より（81頁）、台東区立図書館（82頁）、『東京名所画帖』より（84頁）、共同通信社（92、93頁）文京ふるさと歴史館『森鷗外　ライフステージとしての文京』より（99頁）、森鷗外記念館（109、193頁）、資生堂（115、249上、277頁）、帝国ホテル（125〜127、275頁）、世田谷区立郷土資料館（131頁）、横浜都市発展記念館（132、133頁）、ホテルニューグランド（135〜137頁）、博物館網走監獄（140頁）、竹久夢二美術館（195頁）、国立国会図書館（237頁）、鉄道博物館（238、239頁）、川喜多記念映画文化財団（247、254、261頁）、松屋（251頁）、『建築写真類聚　新興アパートメント巻1』より（258、259頁）、石川県立美術館（262頁）、伊豆栄（265頁）、上野精養軒（267頁）、梅園（273頁下）、東京国立博物館／TNM Image Archives（282頁）
その他個人蔵の絵葉書、編集部撮影の写真を使用しました。

●取材協力

鳥越神社、浄閑寺、東京国立博物館、帝国ホテル

●主な参考資料

今和次郎編『新版大東京案内』（ちくま学芸文庫）、永井荷風『摘録断腸亭日乗〈上下〉』（岩波文庫）、石黒敬章『ビックリ東京変遷案内』（平凡社）、江戸東京博物館監修『江戸東京歴史探検〈第五巻〉帝都の誕生を覗く』（中央公論新社）、山田太一編『浅草』（岩波現代文庫）、安藤更生『銀座細見』（中公文庫）、三枝進他『銀座　街の物語』（河出書房新社）、内田青蔵『消えたモダン東京』（河出書房新社）、初田亨『百貨店の誕生』（ちくま学芸文庫）、内田青蔵他編『消えゆく同潤会アパートメント』（河出書房新社）、植田実『集合住宅物語』（みすず書房）、森まゆみ『鷗外の坂』（新潮文庫）、森まゆみ『明治・大正を食べ歩く』（ＰＨＰ新

書）、川本三郎『荷風と東京』（都市出版）、川本三郎編『荷風語録』（岩波現代文庫）、永井永光他『永井荷風　ひとり暮らしの贅沢』（新潮社）、週刊朝日編『値段史年表　明治・大正・昭和』（朝日新聞社）、森永卓郎監修『物価の文化史事典』（展望社）、近藤裕子編『コレクション・モダン都市文化〈第13巻〉グルメ案内記』（ゆまに書房）、『江戸っ子』57号、『チャップリン自伝』（中野好夫訳、新潮社）、大野裕之『チャップリンの影　日本人秘書高野虎市』（講談社）、今井清一他編『現代史資料4　国家主義運動1』（みすず書房）、『犬養道子　自選集2』（岩波書店）、中村政則『昭和恐慌』（岩波ブックレット）、井上寿一『戦前昭和の国家構想』（講談社選書メチエ）、中野栄三『銭湯の歴史』（雄山閣）、町田忍『銭湯読本』（アーティストハウスパブリッシャーズ）、町田忍『銭湯遺産』（戎光祥出版）、『別冊歴史読本　懐かしの東海道本線』（新人物往来社）、中村建治『明治・大正・昭和の鉄道地図を読む』（イカロス出版）

その他、協力各社の社史、各地の郷土資料などを参考にしました。

編集協力　宮脇眞子
口絵・本文デザイン　ジン・グラフィック
写真撮影　秋元孝夫（口絵、第一章、58、101、106、130、269、271、273頁上）
衣装イラスト　渡辺直樹
地図製作　テラエンジン
JASRAC　出1315873-404

浅田次郎の本

天切り松　闇がたり

第五巻　**ライムライト**

喜劇王チャップリンが来日した。五・一五事件当日、歓迎ムードの裏でひそかに進む暗殺計画から喜劇王を救うため、安吉一家が動き出す。痛快ピカレスクロマン、待望のシリーズ最新刊。

集英社文庫

浅田次郎の本

天切り松　闇がたり
第一巻　**闇の花道**
冬の留置場で、その老人は不思議な声音で遥かな昔を語り始めた……。時は大正ロマンの時代。帝都に名を馳せた義賊がいた。粋でいなせな怪盗たちの物語。傑作シリーズ第一弾。

天切り松　闇がたり
第二巻　**残　俠**
ある日、安吉一家に現れた時代がかった老俠客。幕末から生き延びた清水一家の小政だというのだが……。表題作「残俠」など、帝都の闇を駆ける義賊一家のピカレスクロマン第二弾。

集英社文庫

浅田次郎の本

天切り松　闇がたり
第三巻　初湯千両
シベリア出兵で戦死した兵士の遺族を助ける説教寅の心意気を描く表題作他、時代のうねりに翻弄される庶民に味方する、目細の安吉一家の大活躍全6編。痛快人情シリーズ第三弾。

天切り松　闇がたり
第四巻　昭和侠盗伝
今宵、天切り松が語りまするは、昭和初期の帝都東京、近づく戦争のきな臭さの中でモボ・モガが闊歩する時代。巨悪に挑む青年期の松蔵と一家の活躍を描く5編。傑作シリーズ第四弾。

集英社文庫

S 集英社文庫

天切《てんき》り松読本《まつどくほん》　完全版《かんぜんばん》

2014年 1 月25日　第 1 刷
2024年10月16日　第 4 刷

定価はカバーに表示してあります。

監　修　浅田次郎《あさだじろう》
編　者　集英社文庫編集部
発行者　樋口尚也
発行所　株式会社 集英社
東京都千代田区一ツ橋2-5-10　〒101-8050
電話　【編集部】03-3230-6095
【読者係】03-3230-6080
【販売部】03-3230-6393(書店専用)

印　刷　TOPPAN株式会社
製　本　TOPPAN株式会社

フォーマットデザイン　アリヤマデザインストア　　マークデザイン　居山浩二

ISBN978-4-08-745154-2 C0195